Resgate e Libertação

Roberto de Carvalho

Pelo Espírito Basílio

Resgate e Libertação

Aliança

1ª edição, Março/2020, do 1º ao 4º milheiro.

Título
Resgate e Libertação

Autor
Roberto de Carvalho / Basílio

Diagramação
Equipe Editorial

Capa
Aline Cantelle

Impressão
Rettec Artes Gráficas Ltda.

Ficha Catalográfica

Dados Internacionais de Catalogação na Publicação (CIP)
(Câmara Brasileira do Livro, SP, Brasil)

Basílio (Espírito).
Resgate e Libertação / pelo Basílio;
[psicofragado por] Roberto de Carvalho. --
São Paulo : Editora Aliança, 2020.

ISBN 978-65-990196-1-6

1.Espiritismo 2. Psicografia 3.Romance espírita
I. Carvalho, Roberto de. II. Título.

20-34076 CDD-133.9

Índice para catálogo sistemático

1. Romance espírita psicografado: Espiritismo 133.9

Maria Alice Ferreira - Bibliotecaria - CRB-8/7964

Editora Aliança
Rua Major Diogo, 511 - Bela Vista - São Paulo - SP
CEP 01324-001 | Tel.:(11) 2105-2600
www. editoraalianca.com.br | editora@editoraalianca.com.br

Este romance foi escrito sob inspiração mediúnica e tem por finalidade divulgar o espiritismo por meio dos ensinamentos básicos de sua Doutrina, principalmente no que se refere à aplicação das leis universais como fator de correção e aprendizado ao Espírito em processo expiatório.

Embora o enredo seja baseado em fatos verdadeiros, os personagens que compõem a narrativa são fictícios. Portanto, qualquer semelhança com nomes ou descrição de pessoas ou lugares terá sido mera coincidência.

"Feliz aquele que, sobrelevando-se à humanidade, ama com imenso amor os seus irmãos em sofrimento! Feliz aquele que ama, porque não conhece as angústias da alma, nem as do corpo!"

(Lázaro - Paris - 1862)

Sumário

Introdução

Misérias da riqueza

Chamado a prestar contas do seu mandato terreno, o Espírito se apercebe da continuidade da tarefa interrompida, mas sempre retomada.

ESE[1] *– Cap. 20 – item 3*

Uma precária moradia improvisada embaixo de um viaduto em local insalubre da região central da capital paulista. Ali mora um viúvo com um casal de filhos adolescentes, recolhendo materiais recicláveis para sobreviver. A vida lhes é penosa e cheia de sobressaltos.

À noite, quando o sono deveria lhes restituir as energias físicas para a dura tarefa a ser reiniciada no dia seguinte, sombras se esgueiram por entre as rústicas paredes e os assediam com insistência, transformando as horas de repouso em momentos de cruéis perseguições.

Adelaide, Espírito bondoso e abnegado, convida o autor espiritual deste romance a conhecer os segredos que se encontram protegidos pela lei do esquecimento na memória daquela infeliz família, com a qual possui estreitos laços afetivos.

Conheceremos, assim, a trajetória dramática dos personagens, que se inicia na primeira metade do século dezenove e chega aos dias atuais, mostrando que, vencidos pelas próprias

---

1 *O Evangelho segundo o Espiritismo* - Allan Kardec.

imperfeições, essas pessoas não obtiveram êxito na provação da riqueza e contraíram pesadas dívidas morais que agora exigem reparação.

Saberemos ainda quem são os Espíritos perturbadores que compartilham aquele inóspito espaço e por quais motivos o fazem.

A história nos remete aos ensinamentos contidos no item 7 do capítulo 16 de *O Evangelho segundo o Espiritismo* "Não se pode servir a Deus e a Mamon", onde nos deparamos com a seguinte advertência:

"Se a riqueza é causa de muitos males, se exacerba tanto as más paixões, se provoca mesmo tantos crimes, não é a ela que devemos inculpar, mas ao homem, que dela abusa, como de todos os dons de Deus. Pelo abuso, ele torna pernicioso o que lhe poderia ser de maior utilidade. É a consequência do estado de inferioridade do mundo terrestre.

Se a riqueza somente houvesse de produzir males, Deus não a teria posto na Terra. Compete ao homem fazê-la produzir o bem. Se não é um elemento direto de progresso moral, é, sem contestação, poderoso elemento de progresso intelectual."

A lei da reencarnação é a sagrada bênção que Deus, em sua misericórdia, nos oferece como oportunidade de reparar e expiar os equívocos cometidos em função de sentimentos inferiores como o orgulho, a vaidade e o egoísmo que estão ainda tão presentes em nossas personalidades e que nos impulsionam muitas vezes ao caminho tortuoso das ilusões terrenas, da falta de amor ao próximo e, consequentemente, dos atos criminosos.

Somente no plano da matéria nós, Espíritos imperfeitos que transitamos pelas oscilantes jornadas da progressão moral, conseguimos retificar as más ações, quitando débitos, curando chagas, readquirindo afetos e conquistando o perdão daqueles que tombaram sob a opressão austera de nossos caprichos e maldades.

É a partir da conscientização de termos falhado que iniciamos a longa jornada em busca de **resgate e libertação**, tanto para as vítimas de nossos equívocos quanto para nós mesmos.

Boa leitura!

PRIMEIRA PARTE

Capítulo 1

Os indigentes

Por isso Deus os colocou num mundo ingrato, para expiarem aí suas faltas, mediante penoso trabalho e misérias da vida.

ESE – Cap. 3 – item 13

O lugar era bastante precário. Tratava-se de um barraco improvisado embaixo de um viaduto, em um recanto abandonado pelas autoridades públicas na região central da cidade de São Paulo. A estrutura de concreto, nos fundos do viaduto, era complementada por três paredes rústicas de madeiras extraídas de caixotes.

A inóspita habitação media uns dez metros quadrados e estava cercada de materiais recicláveis como latinhas de alumínio, garrafas plásticas, vidros e fios de cobre entre outras peças que foram recolhidas nas inúmeras lixeiras distribuídas nas ruas do entorno. O objetivo era que todo aquele material fosse vendido em pontos de reciclagem, gerando uma pequena renda familiar.

Era início de uma noite abafada de verão. Um homem, que deveria ter uns quarenta anos de idade, embora a aparência desleixada o fizesse parecer pelo menos dez anos mais velho, aproximou-se do parco casebre. Puxava uma pesada carroça dentro da qual transportava mais um carregamento do material recolhido durante o dia.

Acompanhava-o uma menina de treze anos e um rapazinho que, embora tivesse dezesseis anos, parecia mais novo do que a garota, em função de sua estatura mirrada e do semblante um tanto infantil para a idade. Os três usavam roupas esfarrapadas, calçados precários, tinham os cabelos empastados de suor e poeira e suas unhas eram compridas e sujas.

Enquanto o homem e o rapazinho encostavam a carroça ao lado do casebre e começavam a descarregá-la, a menina entrou, despejou em uma panela amassada o ensopado que trouxera num pote de plástico – certamente sobra do almoço que algum restaurante doou a eles – e a colocou para esquentar no fogareiro de apenas uma trempe, que era alimentado por um pequeno botijão de gás. Depois abriu um armário enferrujado que estava recostado a um canto, retirou de dentro dele dois pães murchos, partiu-os e colocou tudo sobre um caixote que lhes servia de mesa.

Nesse momento, o homem e o adolescente entraram. Os três sentaram-se nuns banquinhos ao redor da mesa improvisada, e cada qual, usando uma colher, passou a se alimentar em silêncio. Somente neste momento foi possível notar que o rapazinho tinha uma deformação que o dificultava segurar o talher. Os dedos das duas mãos se mantinham fechados o tempo todo e era necessário fazer um grande esforço para abri-los.

Além disso, ele tinha um comportamento estranho, fazia movimentos involuntários com o pescoço, girando a cabeça para os lados e deixando-a pender sobre o ombro, como se fosse exageradamente pesada.

Depois de comerem, o homem finalmente rompeu o silêncio, que até então era quebrado apenas pelo barulho da mastigação dos três:

— Meus filhos, é melhor irmos dormir agora. Precisamos sair de madrugada e ir para a rua antes que o caminhão passe. Se não fizermos assim, eles levam tudo e não sobra nada pra gente vender – meneou a cabeça em um gesto de reprovação. — Aqueles homens só não têm noção de quanta coisa de valor jogam fora todos os dias porque não dependem disso para viver.

Apesar da aparência rude e desleixada, o genitor se reportou aos filhos usando um tom de voz surpreendentemente suave e amoroso. O rapazinho apenas acenou a cabeça concordando, mas a menina protestou:

— Ah, pai! Madrugar de novo? Por que o senhor não me deixa dormir mais um pouco e depois eu vou encontrar vocês? Tenho tanto sono de madrugada...

O homem esticou o braço, fez uma carícia no rosto dela com o dorso da mão encardida e disse:

— Filha, o problema é você ficar sozinha. Veja – girou os braços mostrando a precariedade do lugar onde viviam –, não há segurança alguma aqui e nós estamos cercados de gente estranha. Com certeza há pessoas ruins nos observando. Não podemos nos descuidar.

Ao dizer isso, ele ficou bastante pesaroso, lembrando que, pouco tempo atrás, alguns moradores em situação de rua tinham sido incendiados cruelmente enquanto dormiam sob a marquise de uma loja. Dois deles morreram na hora e outros dois, levados ao hospital, faleceram alguns dias depois, após muito sofrimento.

— Ah, que droga! – a menina reclamou fazendo um ar de contrariedade e cruzando os braços. — Eu odeio este lugar. Odeio esta gente. Odeio esta vida...

— Se você sente tanto sono na hora de acordar, é porque não está dormindo direito – observou o pai.

— Dormir de que jeito, com aquela diabinha me infernizando o tempo todo?

O genitor a encarou com um olhar ao mesmo tempo terno e preocupado.

— Você voltou a ter pesadelos?

A menina suspirou com impaciência antes de contestar:

— Não é pesadelo, nem sonho, nem nada... E eu já disse isso mil vezes. É aquela negrinha idiota que fica me espezinhando enquanto eu durmo e me acorda o tempo todo pra ficar rindo da minha cara. E eu não voltei a ter isso; na verdade, nunca deixei de ter. Ah, como odeio essa diabinha!

Finalmente o rapazinho se manifestou e o fez de modo atrapalhado, a boca torta e a voz um pouco afônica, demonstrando dificuldade para articular as palavras de modo claro:

— Você reclama de tudo, hein! – olhou para o pai e disse girando o dedo indicador ao lado da própria cabeça: — Ela está ficando biruta com essa história...

A menina se irritou e respondeu com raiva, mostrando a língua para o irmão:

— Biruta é você, seu retardado...

— Calma, meus filhos – apaziguou o pai com severidade. — Se nós continuarmos trabalhando como estamos e economizando dinheiro, em breve teremos condições de voltar a morar numa casinha como a que tínhamos antes de... – nesse momento ele silenciou, tornando-se melancólico.

— Antes de perder as coisas que a gente tinha naquela maldita enchente – completou a menina encarando-o.

O homem acenou a cabeça, pensativo, sem conseguir disfarçar o semblante pesaroso.

— Isso mesmo, filha. Prometo que voltaremos a ter o nosso cantinho. Daí você vai poder dormir até mais tarde e vai ter uma caminha decente também com lençóis, cobertores, travesseiro e tudo o mais.

— Uma casinha na beira do rio? Pra enchente arrastar tudo de novo? – perguntou a garota com ferina ironia.

— Não, não – o genitor respondeu sem perder a calma. — Desta vez vamos procurar um lugar mais seguro. Como a mãe de vocês dizia: nunca devemos cometer duas vezes o mesmo erro...

— Ah, a mamãe – a menina suspirou olhando para o alto. — Com certeza ela está numa situação bem melhor do que a nossa. A não ser que a vida no céu seja tão miserável quanto aqui.

O homem se levantou e encerrou a conversa, dizendo:

— Agora vamos dormir. Daqui a pouco já será hora de acordar.

Em um canto da espelunca havia um colchão encardido onde os três se deitaram. Porém, mal pegaram no sono e uma mocinha desencarnada deitou-se ao lado do rapazinho, envolvendo-o em um abraço sinistro. Ela apresentava os aspectos físicos de sua última encarnação: a pele muito clara, salpicada de discretas sardas, olhos verdes e cabelos ruivos. Usava um vestido de modelo bastante antigo, rasgado, e com uma mancha vermelha na altura da virilha.

Apesar do incômodo inicial daquele enlace, logo o garoto sossegou e, vencido pelo cansaço, entregou-se ao consórcio em que visivelmente tinha as energias sugadas pela desencarnada, que sutilmente o prendia em seus braços.

Já a filha do coletor de materiais recicláveis, mal tendo fechado os olhos, passou a ser molestada por uma adolescente que aparentava ser apenas um pouco mais velha do que ela. A desencarnada perturbava-a com tapas, beliscões e puxões de cabelo, tornando-lhe o sono um verdadeiro suplício.

Às vezes as duas se engalfinham numa luta desesperada e, para escapar das agressões mais acirradas, a menina obsedada, retomando a consciência corporal, acordava suando e em sobressaltos. Porém, bastava entrar em estado de vigília para que a perturbação se reiniciasse.

Capítulo 2

A perseguição

Os inimigos do mundo invisível manifestam sua maldade por meio das obsessões e das subjugações.
ESE – Cap. 12 – item 6

O céu ainda estava escuro quando o coletor de material reciclável se levantou. Bocejando e espreguiçando, acordou o rapazinho, que se ergueu do colchão com rapidez, libertando-se temporariamente da presença da mocinha desencarnada com quem dormira abraçado. Porém a filha, ao ser sacudida levemente pelos ombros para se levantar, encolheu-se e murmurou com a voz rouca e arrastada pelo sono:

— Ah, pai, me deixa dormir só mais um pouquinho. Por favor! Por favor!

O homem quis contestar, mas sentiu pena da menina, pensando que ela certamente havia dormido pouco naquela noite, incomodada pelos pesadelos que vinha tendo com a tal "diabinha" que a perturbava durante o sono. Acariciou com zelo os cabelos embaraçados da filha e sussurrou:

— Está bem, querida. Durma mais um pouco. Mais tarde o seu irmão vem lhe buscar.

Pai e filho, sem sequer fazerem o desjejum, pegaram a carroça e seguiram pelas ruas, em busca de seu suado ganha-pão.

Passado algum tempo, um homem negro, peito nu, olhar colérico e uma grave deformação no rosto, invadiu o casebre sem a menor dificuldade. Durante alguns segundos ficou olhando para a menina que dormia profundamente, sem suspeitar da grave ameaça que lhe rondava tão de perto.

Certificando-se de que ela estava sozinha e indefesa, o sujeito abriu um riso sarcástico que tornou ainda pior a aparência já tão horripilante da desfiguração que trazia no rosto e, sem pressa alguma, caminhou em direção à sua pequena vítima.

Sem saber se vivia um pesadelo ou uma situação real, a filha do coletor de material reciclável se sentiu atraída para um lugar tenebroso. Embora tivesse vontade de se afastar dali, uma força irresistível a impulsionava em direção ao que parecia ser a entrada de uma gruta muito escura. A paisagem ao redor era desolada, envolta por uma espessa neblina, com pântanos lodosos, intransponíveis, e silhuetas de árvores secas por todos os lados.

Fazer o caminho de volta era impossível e a única opção de seguir adiante seria transpondo a estreita passagem à entrada da gruta. Apesar do receio que a paralisava, havia uma tênue esperança de que, atravessando aquele medonho território, encontrasse um ambiente mais hospitaleiro do outro lado. E foi assim pensando que a menina tentou se munir de coragem para enfrentar o perigo.

Os primeiros passos em meio à escuridão da caverna foram indecisos e receosos, porém a necessidade de avançar se fez urgente à medida que as trevas se intensificaram. Ela seguiu tateando às cegas, evitando chocar-se com as paredes de pedras úmidas e pontiagudas.

De repente, suas mãos tocaram em algo macilento. Parecia uma face humana, mas era demasiadamente fria. A menina quis sair dali, mas já não enxergava também a passagem por onde entrara. Imenso desespero lhe invadiu a alma no momento em que o rosto desfigurado e odioso de um homem – ou de um espectro humano –, projetando sutil luminosidade, apenas o suficiente para ser visualizado, se apresentou à sua frente. Uma gargalhada odiosa se fez ouvir, seguida de grunhidos de impropérios.

A garota deu um grito de pavor e despertou dentro do casebre miserável, sobre o colchão encardido no qual dormia um sono inquietante. Estava completamente desorientada e, olhando para os lados, buscou a presença do pai e do irmão, porém não encontrou ninguém. A gargalhada sinistra ainda reverberava em sua mente. A escuridão da gruta onde estivera há pouco já não mais existia à sua volta, mas de um modo estranho ainda insistia em ofuscar-lhe as retinas.

A feição aterradora daquela espécie de demônio que a assombrara ainda estava bastante viva e continuava a ameaçá-la. A menina correu para a porta do casebre, abriu-o com um chute e seguiu para a rua, onde não conseguia ver nada com nitidez. A única força que a comandava era a do medo de ser alcançada por aquela criatura horrenda.

— Corra, menina! Corra se não quiser que eu a destrua agora mesmo!

A voz de comando era forte, seguida daquelas gargalhadas aterradoras.

E ela corria em desespero. Sem ter a menor noção do que fazia, subiu as escadarias que davam acesso à parte superior do viaduto sob o qual morava e, seguindo pela calçada, encaminhou-se até o centro do mesmo. Ali, apoiada na mureta de proteção, olhou para onde, dezenas de metros abaixo, uma quantidade imensa de veículos transitava em alta velocidade.

— Pule, menina! Se não pular, eu mesmo vou jogá-la daqui de cima!

A voz ordenava e gargalhava a seguir, criando-lhe imensa confusão mental. Com um gesto rápido, a garota sentou-se na mureta e projetou o corpo para frente. Quando começava a despencar em direção à queda fatal, dois braços firmes a seguraram, puxaram-na de volta e a afastaram do perigoso lugar, sentando-a na calçada.

— O que está acontecendo com você? – perguntou o jovem motociclista que, passando por aquele local e tendo observado o desvario da menina, estacionara rapidamente o veículo no estreito acostamento e conseguira impedir que ela se precipitasse para a morte. — Está tentando suicidar-se? Precisa de ajuda? – ele continuou a questioná-la.

A menina arregalou os olhos – que até então estavam apenas semiabertos – e foi como se estivesse acordando naquele momento. Deu um grito estridente, levantou-se em um salto e saiu correndo sem que o rapaz conseguisse impedir sua fuga.

Agora ela corria em sentido contrário ao tráfego de veículos que transitava na parte superior do viaduto. Os gritos e as gargalhadas voltaram a perturbá-la:

— Atravesse a avenida, menina! Jogue-se na frente dos carros, se não eu vou alcançá-la agora!

Mas as palavras da entidade obsessora já não exerciam tanta influência sobre as ações dela, que parecia ter recuperado parte de seu autocontrole. Ainda assim, ela seguiu a esmo. Deixou o viaduto, afastou-se da via movimentada e entrou em uma ruela estreita e sossegada.

As lojas comerciais estavam começando a ser abertas, mas as residências mantinham portas e janelas fechadas. A menina começou a se sentir cansada. De repente, viu semiaberta a porta frontal de um imóvel e enxergou ali uma luz forte, que conseguia dissipar a persistente escuridão da gruta onde estivera naquela espécie de pesadelo e que ainda não abandonara completamente as suas retinas.

Em busca daquela claridade, ela adentrou o local sem ao menos se perguntar que ambiente era aquele e se podia ir entrando sem ser convidada.

Nesse momento, uma grande paz a envolveu por completo e o cansaço finalmente a subjugou. Atirando-se sobre um pequeno sofá que havia em um canto da sala e que ficava bem à entrada da porta, com o peito arfante e a respiração opressa, a garota fechou os olhos e retomou o sono tragicamente interrompido minutos antes.

Capítulo 3

O refúgio

Por que Deus, que não quer a morte do pecador, o privaria do socorro que o pode arrancar ao lameiro?

ESE – Cap. 24 – item 12

Havia quase duas décadas que, pelo menos três vezes por semana, Afrânio tinha o hábito de ir para o Centro Espírita que dirigia, às sete horas da manhã, e deixar a porta parcialmente aberta. Não havia atividades na casa naquele horário, mas ele costumava fazer os estudos doutrinários e achava importante estar receptivo para o caso de alguém aparecer em busca de auxílio, coisa que raramente ocorria naquele horário, mas que nunca fora motivo para que ele desistisse de proceder desse modo.

Em alguns daqueles dias costumavam aparecer pedintes e o trabalhador da instituição religiosa, levando em conta o conceito de que fora da caridade não há salvação, ainda que se arriscasse a ter sua boa fé explorada por pessoas mal-intencionadas, ajudava, na medida do possível, oferecendo principalmente alimentos como frutas e biscoitos, que tinha sempre em estoque para ofertar aos famintos que ali costumavam aportar.

Naquela manhã, depois de abrir uma das portas da Casa Espírita, ele foi até a biblioteca que ficava instalada em um pequeno cômodo no interior da instituição para apanhar o livro de estudos. Quando retornou, após breves segundos de demora, encontrou a menina dormindo no sofá.

O contato com moradores em situação de rua, que havia em grande quantidade naquela região, era bastante comum e Afrânio estava acostumado àquela rotina. Entretanto, a imagem da menina franzina, suja e maltrapilha, o deixou especialmente compadecido.

Achando que o melhor a fazer era deixá-la repousar em paz, e agindo com bastante cuidado para não despertá-la, cobriu-a com o seu próprio paletó e dirigiu-se à mesa de estudos, abriu o evangelho e começou a ler. Porém, mal iniciou a leitura, ouviu uma gargalhada sinistra, seguida de uma voz arrastada e grave que lhe invadiu o campo mental, antes de se dispersar, como alguém que estivesse evitando penetrar aquele ambiente sagrado e harmônico:

— Não adianta tentar protegê-la, ouviu? Eu vou embora, mas ela não vai ficar aqui para sempre. Vou fazer o que bem quiser com essa criatura imunda para me vingar dela e do pai da infeliz, aquele maldito!

No alto dos seus 78 anos, Afrânio era um médium experimentado, acostumado a lidar com entidades obsessoras nos trabalhos espirituais que há décadas eram ali realizados. De repente ficou claro para ele o porquê de a menina haver buscado – ou de ter sido induzida a buscar – refúgio naquele lugar. Elevando o pensamento a Deus, solicitou amparo e orientação para ajudar da melhor forma possível em mais uma questão, aparentemente complicada, que lhe vinha ao encontro.

Percebendo que a entidade vingativa se lhe escapara ao campo mental, certamente fugindo das luzes projetadas pela claridade dos ensinos angariados no evangelho e pelos sentimentos amorosos cultivados em seu coração, e vendo que a menina repousava em segurança, Afrânio se concentrou em seus solitários e edificantes estudos.

Eu me encontrava bastante envolvido em toda aquela situação. Preocupado e apreensivo, andara observando a menina, que finalmente havia encontrado um pouco de paz para dormir. De repente, vi aproximar-se dela uma desencarnada. Tratava-se de uma jovem senhora de semblante suave e gestos delicados, aparentando ter uns trinta e poucos anos de idade.

Amorosamente envolvida pela recém-chegada, a garota se projetou do corpo físico e, em Espírito, enlaçou-se a ela, numa atitude desesperada de buscar proteção. Com voz chorosa, implorou:

— Oh, mãezinha, me ajuda, por favor! Não deixe esse monstro horrível me pegar. Eu estou com medo, mamãe...

Aconchegando-a ao colo e acalentando-a, à semelhança do que se faz a um bebê para que ele durma, a mulher procurou acalmá-la.

— *Shiu... Shiu...* Está tudo bem agora, minha filha. Descanse! A mamãe vai cuidar de você.

E a atemorizada menina, ligada ao corpo físico por densos cordões fluídicos, foi se serenando aos poucos. Assim que ela se acalmou inteiramente, sem despertar do sono reparador a que fora submetida ao penetrar o ambiente da Casa Espírita, a mulher se dirigiu até onde eu estava, deixando claro já haver notado a minha presença ali.

— Bom dia – ela disse, aproximando-se com um sorriso simpático. — O senhor é Basílio, autor de alguns livros espíritas, não é?

Confesso que, embora não havendo nada de errado com a pergunta, achei-a um pouco estranha. Ocorre que Basílio é um codinome que foi sugerido ao médium escritor para identificar a fonte espiritual que lhe inspira os romances que temos escrito. Mas ainda não estou muito familiarizado com este codinome, pois a maioria das pessoas me trata pelo nome de batismo que tive em minha última encarnação.

— Sou eu mesmo – respondi estendendo-lhe a mão, depois de organizar melhor as próprias ideias.

Ela retribuiu ao cumprimento e disse:

— Prazer, senhor Basílio! Meu nome é Adelaide e eu desejava muito conhecê-lo. Faz pouco tempo que retornei ao plano espiritual, depois de uma curta e complicada reencarnação, que durou pouco mais de três décadas. Antes do meu desencarne, tive a oportunidade de ler alguns livros de sua autoria, o que me ajudou a compreender e aceitar sem revolta as condições adversas que vinha enfrentando juntamente com minha família.

Essa novidade me deixou feliz e emocionado. Se não me engano, foi a primeira vez que um desencarnado dizia ter lido uma das obras que tenho enviado ao médium escritor, via inspiração.

— Confesso que, inicialmente, eu li aquelas histórias sem muita convicção de que pudessem retratar a realidade da vida – expôs Adelaide, sendo bastante sincera. — Encarei-as mais como ficção, assim como não acreditei também na existência de um autor espiritual. Pensei que fosse apenas mais um personagem criado pela mente do escritor, com a finalidade de dar maior credibilidade ao que ali estava exposto. Ainda assim, mesmo sem estar convencida sobre a veracidade do que lia, a narrativa serviu de alívio às minhas dores nos momentos cruciais que tive de enfrentar.

— Bem... Agora a senhora sabe que eu sou real – respondi sem conter o riso.

Ela riu também ao dizer:

— Não descobri apenas a realidade da sua existência, mas também a veracidade do conteúdo doutrinário exposto na história: o funcionamento das leis divinas como ponto de equilíbrio universal, a existência do plano espiritual, da sobrevivência da alma depois da morte física, o intercâmbio entre encarnados e desencarnados podendo gerar, tanto benefícios maravilhosos, quanto dolorosos processos de perseguição obsessiva, como o caso que acabamos de testemunhar – disse ela lançando um olhar de piedade para a menina que ressonava no sofá. — Enfim, agora tudo isso está muito claro. O problema é que eu precisei deixar a vida física e chegar aqui para comprovar essas verdades.

— Não é uma exclusividade sua – falei objetivamente. — Poucas são as pessoas que conseguem acreditar nessa realidade durante o processo reencarnatório, quando se encontram protegidas ainda pela lei do esquecimento.

A mulher suspirou e movimentou a cabeça negativamente ao dizer:

— Eu não fazia ideia de que o desconhecimento sobre as questões espirituais fosse algo tão abrangente; afinal, a maioria das pessoas se mostra muito convicta quando se fala sobre isso. Eu, por exemplo, sempre acreditei em Deus, tinha respeito e amor por Ele, fazia as minhas preces, mas pensava que a vida espiritual fosse algo bem diferente. Não acreditava, por exemplo, que a rotina fosse tão pulsante e que houvesse tanta lucidez do lado de cá. Achava que aqui era lugar de sono profundo e reparador...

— Infelizmente ainda somos muito reticentes e incrédulos enquanto encarnados – respondi. — Mas não será assim por muito tempo. É sabido que em um futuro não muito distante essa realidade mudará, pois com a transição planetária que se apresenta no horizonte, os Espíritos reencarnados na Terra terão maior proximidade com os que estão do lado de cá. A relação entre os dois planos da vida será bem mais ampla e haverá menos dúvida sobre esse importante intercâmbio entre as pessoas que estão encarnadas e as que se encontram desencarnadas.

Adelaide se mostrou uma mulher bastante esclarecida à medida que nosso diálogo avançava. E houve entre nós uma simpatia tão recíproca que, sem perceber, dispensamos o tratamento cerimonioso de senhor e senhora e passamos a nos tratar de um modo mais casual.

Então eu comecei a compreender a razão de ter sido atraído para junto daquelas pessoas. Certamente o objetivo era o de que eu testemunhasse o desenrolar dos fatos que os envolvia para, se fosse mesmo importante, narrá-los em mais uma obra a ser transmitida ao médium escritor.

Como se houvesse captado os meus pensamentos, Adelaide comentou:

— Basílio, se você está pensando em escrever uma nova história, quem sabe não a encontrará aqui? De preferência um romance com final feliz – observou sorrindo, mas com uma aura de tristeza a turvar-lhe as retinas.

Fiquei olhando para aquela simpática e comunicativa mulher, com traços fortes de juventude a se expressarem no agradável semblante, até responder:

— Bem... Não dependerá apenas da minha vontade de escrever. Existem alguns fatores que fogem ao meu controle...

— Eu sei – ela me interrompeu educadamente. — Você precisará confirmar se a história é mesmo interessante, não é? Se vale a pena usá-la como enredo para a escrita do livro.

— Não apenas isso – obtemperei. — Existem outros detalhes...

— Só há uma forma de saber se a história vale ou não a pena ser escrita, você não acha? – ela perguntou rindo.

Sua espontaneidade me fez rir também.

— Você está certíssima, Adelaide.

— Bem... Eu posso ajudar. Conheço a fundo a história da família que você acaba de encontrar vivendo sob aquele viaduto. Hoje eu sei o porquê de terem uma vida tão sacrificante atualmente e o que os fez angariar essas pesadas provações.

— Que bom – falei animado. — Podemos conversar a respeito?

E foi no ambiente calmo e harmonioso daquele Centro Espírita, sob o ressono suave da menina que dormia no sofá, enquanto Afrânio se dedicava aos estudos doutrinários, que ouvi a interessante história narrada pela minha nova amiga.

Adelaide iniciou a narrativa dizendo que as pessoas que eu acabara de conhecer eram seus familiares, o que não me causou estranheza, pois ouvira a menina chamá-la de mãe. O que estranhei foi a aparente disparidade entre eles. Adelaide, como eu já descrevi, possuía os traços finos e delicados de uma elegante dama. Era quase impossível imaginá-la como familiar daqueles três molambentos que viviam de modo tão precário sob o viaduto.

— Eles são de fato a minha família – ela falou com voz triste. — Irene, a menina que ali está dormindo, e Miguel, o rapazinho deficiente, são meus filhos. O homem que recolhe material reciclável é o pai deles. Chama-se Teobaldo e eu estive casada com ele em algumas de minhas últimas reencarnações. Finalmente me sinto em condições de ajudá-los e sinto que tenho autorização para fazer isso, pois não encontro nenhum impedimento em minhas ações.

— Você vivia com eles embaixo do viaduto? – indaguei tentando ainda absorver aquela informação que soava um tanto descabida.

— Sim, mas não por muito tempo. Para ser mais exata, morei embaixo do viaduto por onze meses apenas, muito embora não possa dizer que antes disso chegamos a ter uma vida estável.

A história de Adelaide e seus familiares me deixou bastante intrigado. Aliás, não só a vivência de seu esposo e filhos, mas também a daqueles três desencarnados que os assediava tão intimamente.

— Você deve estar se perguntando quem são aquelas duas mocinhas e o homem negro que compartilham o espaço com os meus familiares, não é? – indagou Adelaide, percebendo as minhas reflexões.

Acenei positivamente com a cabeça.

— Sim. Estou bastante impressionado com tudo isso.

Ela voltou a fazer um ar de tristeza ao dizer:

— Desafetos do passado, meu amigo! Vítimas dos equívocos de Teobaldo, Miguel e Irene, que não os perdoaram e vivem em função de uma vingança implacável.

Lembrei-me então de que, tanto a adolescente negra quanto o homem do rosto desfigurado, estavam vestidos com as roupas rústicas de tecido grosso que eram usadas pelos cativos no período tenebroso da escravidão no Brasil. Ambos estavam descalços; ela usava um vestido encardido e ele, com o peito nu, usava apenas uma calça larga, amarrada à cintura por uma espécie de cipó.

— O homem que perseguiu minha filha e tentou fazê-la se jogar do alto do viaduto se chama Porfírio – Adelaide informou. — A mocinha ruiva de olhos verdes é a Berenice e a adolescente negra chama-se Rita. Cada qual cobra de seu algoz um alto preço pelo que sofreram nas mãos deles. Há uma longa e triste história por trás dessa obsessão que eu lhe contarei, caso esteja disposto a ouvir sobre os débitos morais que meu marido e meus filhos contraíram com esses Espíritos sofredores e vingativos que os perseguem.

Naturalmente eu quis saber de tudo e Adelaide passou a me contar.

Capítulo 4

O fazendeiro

Quando a lei de amor e caridade for a lei da humanidade, não haverá mais egoísmo; o fraco e o pacífico não serão mais explorados nem espezinhados pelo forte e o violento.

ESE – Cap. 9 – item 5

Na primeira metade do século dezenove, Teobaldo[2] era proprietário de uma próspera fazenda cafeeira no interior do estado de São Paulo. Era um homem pragmático, descendente de portugueses, e possuía estreitos laços com o império, assim como desfrutava de grande conceito entre as mais altas autoridades da região.

Adelaide, sua esposa também naquela encarnação, era igualmente de origem lusitana, mas ao contrário do marido, possuía um temperamento brando e pacífico, sempre recorrendo às orações em busca de paz e harmonia para o seu lar. Por sua bondade, a mulher se sentia incomodada com as atitudes do fazendeiro, principalmente por sua ganância desmedida e pelo modo violento como tratava os escravos, em especial aqueles que eram considerados preguiçosos, revoltados e fujões.

Embora sabendo ser inútil, pois Teobaldo era bastante inflexível em sua postura, Adelaide procurava aconselhá-lo a moderar os castigos tão brutais que infligia aos negros e que chegara ao cúmulo de, algumas vezes, levar a óbito os que eram considerados

---

[2] Para facilitar o entendimento do leitor, mantivemos os mesmos nomes dos personagens principais da trama nas duas encarnações aqui relatadas.

indisciplinados recorrentes – quase sempre adquiridos a preços baixos em razão desse "grave defeito". Essas punições extremadas tinham por justificativa servir de exemplo aos demais cativos e de fato provocava-lhes um efeito aterrorizante e disciplinador.

Apesar de se dizer cristão e de participar, vez ou outra, das orações promovidas pela esposa, o fazendeiro não se deixava convencer pelos conselhos dela, usando o argumento de que não estava fazendo nada além do que os outros fazendeiros também faziam.

— Além disso – dizia ele –, se Deus permite que seja desse modo, por que haveremos de contestar?

— Deus permite que seja desse modo para nos provar, para testar a nossa capacidade de amar o próximo, principalmente os que se encontram em condições inferiores a nós – Adelaide contra-argumentou certa vez, durante mais uma das tantas discussões que o casal teve sobre este assunto. — Não por achar que a judiação e o maltrato sejam atitudes corretas.

O marido respondeu com estrondoso rompante de fúria:

— Ora, mulher! Se não formos firmes no cabresto, essa negralhada nos devora feito abutres sobre a carniça – ele disse gesticulando muito e fazendo caras e bocas para enfatizar suas palavras. — Ou você acha que eles têm respeito por nós? Têm nada! O que os mantêm no cativeiro é a chibata, o ferro e o tronco. Se dermos as costas e nos descuidarmos, eles nos atacam e nos matam dormindo – e enfatizou com o dedo em riste: — Dormindo, entendeu?

— Não acho que seja bem assim – Adelaide protestou meneando a cabeça em discordância. — Eu, por exemplo, não tenho do que me queixar. As negras que labutam na casa-grande são uns amores comigo e eu nem preciso ralhar com elas. Isso prova que na base do respeito e da dignidade também se pode comandar escravos.

— Não se iluda, mulher. Não conte com a gratidão dessa gente rude...

— Rude? – ela perguntou olhando nos olhos do esposo. — Será que eles são mais rudes do que quem os obriga a trabalhar desde tenra idade até que seus corpos se tornem molambos imprestáveis para o labor? Mais rudes do que quem os espanca por qualquer coisa, sem a menor piedade? Serão mais rudes do que quem os ameaça o tempo todo e os mantém sob as rédeas do terror, deixando claro que podem ser chicoteados e até mesmo mortos a qualquer momento?

A opinião de Adelaide, uma senhora de escravos, a respeito da escravidão era algo bastante incomum para a época. A maioria dos fazendeiros e seus familiares não viam o tráfico e a subjugação dos negros como algo condenável, nem mesmo pelas leis divinas. Aos olhos de quase todos eles, os fins justificavam os meios e a mão de obra escrava era o único meio viável de se produzir as riquezas que impulsionavam o progresso do país.

— Não é desse modo que funciona – contestou Teobaldo. — Os negros sabem que, se tiverem bom comportamento, não há razão para temores.

— Pois se fosse eu no lugar deles não teria tanta certeza disso – Adelaide falou com firmeza, mas sem perder a serenidade. — Nós sabemos que basta uma pequena desavença que contrarie o feitor para que qualquer um deles, até mesmo criança e mulher, passe a ser perseguido e induzido a erros maiores a fim de ser submetido a dolorosos castigos.

Essas ponderações da esposa deixavam o fazendeiro muito irritado e, talvez até por pirraça, ele sempre acabava descontando sobre um de seus cativos a raiva que gostaria de ter descarregado sobre ela, coisa que só não o fazia por uma questão de princípios.

Além disso, com uma quantidade tão grande de escravos, era fácil encontrar um que houvesse cometido algum tipo de deslize, até porque, conforme Adelaide dissera, os feitores pareciam sentir um prazer imenso em denunciá-los e conduzi-los ao tronco para as surras quase sempre imerecidas.

Nos momentos de ira, provocada pelas verdades que a esposa o obrigava a ouvir, quando o chicote descia sobre o dorso nu dos negros, fazendo-os sangrarem impiedosamente, a mão do fazendeiro parecia se tornar bem mais pesada do que o habitual. O nível de agressividade do castigo dependia mais do estado de humor dele do que necessariamente da gravidade da falta cometida.

Assim como na encarnação atual, Irene, que à época dos acontecimentos narrados estava com treze anos, e Miguel, com dezesseis anos, já próximo de completar dezessete, eram filhos de Teobaldo e Adelaide. O rapaz estava vivendo em um pensionato, na capital paulista, onde estudava. A ideia era mandá-lo para Portugal no ano seguinte, para dar sequência aos estudos em alto nível.

A menina, que jamais se ausentara da fazenda, era extremamente mimada e, apesar dos conselhos da mãe, seguia o exemplo do pai, sempre de implicâncias com os escravos que trabalhavam na casa-grande. Ela era capaz de contar as mentiras mais deslavadas só para ver os negros sendo castigados.

Uma vez, Irene fez um escândalo, dizendo ao pai que um de seus anéis de brilhantes havia desaparecido.

— Como assim, desapareceu? – Teobaldo perguntou com raiva, pois detestava ver a filha contrariada.

— Não sei, pai. Ele estava muito bem guardado na caixinha de joias, dentro da gaveta do toucador, mas sumiu.

Teobaldo mandou reunir a criadagem e passou uma ordem muito severa:

— Se o anel da minha filha não aparecer imediatamente, todos vocês irão para o tronco onde serão chicoteados até darem conta dele.

Adelaide achou aquela atitude um absurdo e quis interferir, mas foi impedida pelo marido com o seguinte argumento:

— Deixe a disciplina desses negros por minha conta, mulher. Se depender de você e do seu coração mole, nós estaremos perdidos.

Diante da inflexibilidade do fazendeiro, Adelaide foi falar com a filha:

— Irene, você tem certeza de que o anel sumiu mesmo? Já procurou com cuidado?

A menina fez ar de choro ao responder:

— Tenho certeza, mamãe! Já procurei em todos os lugares onde ele poderia estar.

— Filha, por que não falou comigo primeiro? Nós teríamos resolvido a questão de outro modo. Você sabe como o seu pai é violento com os escravos e pode até acabar matando um deles por causa disso.

Irene substituiu a carinha de choro por um semblante áspero e falou:

— Pois eu não me importo nem um pouco, desde que o meu anel apareça.

Sempre que a filha se comportava daquele modo, Adelaide sentia um forte arrepio e, olhando para ela, não reconhecia a criancinha frágil e graciosa que pouco tempo atrás só sabia engatinhar e esboçar a pronúncia de meia dúzia de palavras.

Diante da ameaça imposta pelo fazendeiro, uma escrava chamada Rita começou a chorar. Ela tinha apenas um ano a mais do que Irene e era encarregada de manter o quarto da filha do fazendeiro limpo e organizado. Seu choro era de medo, mas foi o suficiente para que a culpa recaísse sobre ela.

Teobaldo dispensou os demais suspeitos, mandando-os voltarem ao trabalho e, depois de um longo e infrutífero interrogatório à base de bofetões, a garota foi levada ao tronco e chicoteada até desmaiar.

Depois de se recuperar, foi mandada para o trabalho na lavoura e nunca mais pôde se aproximar da casa-grande, pois ganhou o rótulo de ladra.

Capítulo 5

Injusto castigo

E se ainda te sepultas no teu orgulho, oh! Então, eu te lamento, porque serás digno de piedade!

ESE – Cap. 7 – item 11

Em conversa com outra escrava que desempenhava as mesmas tarefas na casa-grande, Adelaide ficou sabendo que sua filha havia brigado com Ritinha um dia antes de denunciar o desaparecimento do anel.

— A Rita me contou que a sinhazinha Irene ficou brava porque deixou derramar água do urinol na cama dela. A sinhazinha falou que tinha sido de propósito e prometeu se vingar da pobre Ritinha – a escrava explicou demonstrando revolta e ao mesmo tempo medo por estar esclarecendo tão delicada situação.

Depois dessa conversa, a esposa do fazendeiro passou a observar a filha com mais atenção e, numa manhã, ao entrar no quarto dela, percebeu que Irene estava usando o tal anel, como se nada houvesse acontecido.

Adelaide perguntou, fingindo surpresa:

— Ué, minha filha! Este aí não é o anel que havia desaparecido?

Irene respondeu com indiferença:

— Sim, mamãe. Acabei de encontrá-lo caído atrás do toucador.

A mulher ficou cheia de indignação.

— Como assim? E você não diz nada?

— Não sabia que precisava – Irene respondeu com a maior naturalidade do mundo.

— É claro que precisava! Você não fez o maior escarcéu quando ele sumiu? Deveria fazer também agora, que ele reapareceu. Até para que todo mundo saiba que a Ritinha não é uma ladra.

A menina fez um ar de deboche. Adelaide se aproximou, colocou as mãos sobre os ombros dela e disse olhando-a nos olhos:

— Irene, o que você fez foi muito grave. Você tem noção do quanto a Ritinha sofreu por sua causa? Deveria pedir perdão a ela.

— Pedir perdão a uma escrava? A senhora está louca? Não foi por minha causa que aquela palerma foi castigada. Foi pelo sumiço do anel...

— Deixe de ser irônica, menina! A Ritinha era inocente e você sabia disso.

— Bem... Ela pode não tê-lo roubado, mas foi relapsa ao perdê-lo.

Adelaide levou as mãos à cabeça.

— Pelo amor de Deus, Irene! É impossível que você não perceba o quanto está sendo injusta...

— Deixe de fazer drama, minha mãe. Como vou saber se a Ritinha não estava escondendo o anel para roubá-lo depois? Aliás, se ela era inocente, por que ficou chorando daquele jeito? Quem não deve, não teme.

Teobaldo entrou no quarto em meio à discussão que estava bastante acirrada e, vendo a filha em apuros, tratou de defendê-la.

— O que está acontecendo aqui? Que gritaria é essa?

Irene correu para os braços do genitor fazendo cara de choro.

— Ah, meu pai, a mamãe está me acusando de ter mentido sobre o sumiço do anel só para fazer a Ritinha apanhar no tronco. Que injustiça!

Adelaide olhou com firmeza para o marido antes de dizer:

— É isso mesmo, Teobaldo! Nossa filha inventou essa história apenas porque a pobre da Ritinha derramou um pouco de água sobre a cama dela. Irene jurou que ia se vingar e foi exatamente o que fez.

O fazendeiro olhou para a filha que se ruborizou por um instante.

— Isso é verdade, Irene?

— Sim, pai, mas não foi uma água qualquer. Ela molhou a minha cama com o que estava no urinol e fez de propósito, para me provocar, porque depois ela ficou rindo na minha cara – a menina disse com ar de coitadinha.

O fazendeiro encarou a esposa e falou cheio de razão:

— Está vendo no que dá essa sua mania de ficar defendendo esses negros? Eles perdem completamente o respeito. Aquela negrinha fedida teve a petulância de provocar nossa filha. Se eu soubesse disso, o castigo dela teria sido muito pior – disse, girando o braço direito no ar, a mão fechada, como se empunhasse uma chibata.

Teobaldo abraçou Irene e ela começou a chorar. Na verdade, fingia que chorava, pois nem uma gota de lágrima lhe brotava dos olhos.

— Calma, filhinha – ele a confortou em seus braços. — Eu não vou permitir que esses abusados zombem de você. Conte sempre comigo para protegê-la desses malditos e de qualquer um que ousar provocá-la.

Ao dizer essas últimas palavras, Teobaldo lançou um olhar severo para a esposa, que meneou a cabeça e exclamou antes de deixar o aposento:

— Minha nossa senhora! Você não tem noção do absurdo das coisas que fala e faz, Teobaldo. Só resta pedir a Deus que tenha piedade da sua alma quando chegar o momento de ajustar contas com Ele.

Revoltado com a atitude da escrava adolescente, Teobaldo prometeu à filha que ela não ficaria impune. Assim, ordenou aos feitores que dessem à Ritinha as tarefas mais pesadas possíveis e a fizessem trabalhar sem descanso na lavoura.

Com a transferência da menina para a senzala, ela conheceu Porfírio, um escravo na faixa dos trinta anos de idade, de compleição forte e comportamento irrequieto, que fora vendido a Teobaldo por um preço relativamente baixo por ter fama de fujão e provocador de atos de rebeldia nas fazendas por onde passava.

Ali o negro encontrara um rígido sistema de segurança e, nas poucas oportunidades que teve de fugir, fora recapturado sem demora e castigado de modo impiedoso, o que lhe provocara profundas cicatrizes em todo o corpo, principalmente nas costas. Além disso, era bastante comum vê-lo ostentando uma pesada gargalheira[3].

[3] Instrumento de ferro colocado em volta do pescoço, com correntes para prender os membros do escravo ao seu corpo ou para atrelar escravos uns aos outros.

Ao tomar conhecimento da injustiça sofrida por Rita, Porfírio passou a cultivar ainda mais ódio pela família de Teobaldo e, ao mesmo tempo em que sentia o coração enternecido pelo infortúnio da menina, alimentava inconfessáveis desejos de vingança contra os donos da fazenda.

Era a primeira vez, depois de muito tempo, que Porfírio se sentia envolvido afetivamente por alguém. Ele nascera em uma fazenda cujo proprietário, apesar de escravagista, era um homem condescendente. Porfírio cresceu desfrutando relativa liberdade de ação e, a certa altura da vida, apaixonou-se por uma jovem escrava chamada Ambrosina, também nascida na mesma fazenda.

Com a aquiescência de seu proprietário, o casamento entre os dois foi autorizado. Aliás, naquela fazenda, as relações afetivas entre escravos eram uma prática comum. Desse modo, durante algum tempo, Porfírio e Ambrosina viveram uma bonita e tranquila história de amor.

Entretanto, o dono da fazenda teve sérios prejuízos em função de negócios mal direcionados e passou a enfrentar uma grave crise financeira. A solução encontrada foi vender alguns escravos. Não era sua intenção vender Porfírio, mas a proposta que recebeu por ele era irrecusável. Justamente por ser trabalhador e bastante submisso, Porfírio valia bem mais do que os outros.

Vendo naquela transação uma possibilidade de se reerguer, o fazendeiro acabou vendendo o seu melhor escravo, porém o comprador não se interessou por Ambrosina. Aliás, contrariamente ao ex-dono de Porfírio, este era contra a formação de vínculos familiares entre os negros que lhe pertenciam.

Desse modo, com o coração sangrando e uma dor imensa a lhe dilacerar a alma, Porfírio foi afastado da mulher amada. Desde então, não teve mais o comportamento que tanto o valorizara comercialmente. A revolta o transformou naquele escravo problemático, que ninguém mais fazia questão de ter em sua propriedade.

A cada ação de rebeldia, Porfírio era castigado de modo mais grave, e vendido por valores cada vez menores. Assim, de negócio em negócio, foi se distanciando cada vez mais de Ambrosina, mas continuava alimentando a esperança de um dia voltar a se juntar a ela. Além disso, tomado pela revolta, vivia incitando os outros escravos a não se conformarem com o cativeiro e a promoverem movimentos de rebelião.

Porém sua luta era inglória e poucos foram os que lhe deram ouvidos, sabendo que o poder conferido à sociedade escravagista no Brasil era algo invencível e que lutar contra ele não passava de loucura e utopia. Os poucos que tentaram seguir os passos de Porfírio sofreram os mesmos castigos e alguns chegaram mesmo a ser enforcados sem comiseração.

A verdade é que, com ou sem razão, Porfírio mantinha firme a sua determinação em escapar e esse desejo só fez aumentar depois de ter conhecido Ritinha, por quem desenvolveu um amor quase paternal e tentou protegê-la, julgando que poderia, de alguma forma, aliviar as suas agruras.

Entretanto, a realidade era outra bem diferente do que o escravo rebelde alimentava em seus delírios. Talvez até por perceberem a atenção que Porfírio dispensava à mocinha, e por serem antipáticos a ele, os feitores começaram a exagerar no cumprimento das ordens dadas por Teobaldo, ampliando sobremodo o sofrimento de Rita.

De compleição frágil e desacostumada àquela duríssima rotina, Ritinha adoeceu gravemente e morreu de pneumonia em uma noite fria e chuvosa, três meses depois de ter sido enviada à senzala.

Quando deu o último suspiro, estava amparada nos braços de Porfírio que, entre lágrimas, jurou vingança contra os assassinos de sua pupila. Porém suas palavras soaram inutilmente, pois a promessa que fizera era tão absurda quanto impossível de ser realizada, devido à vigilância que lhe era dispensada diuturnamente por causa da má fama que possuía.

Ao saber da morte de Ritinha, Irene não se deixou abalar. Aliás, suspirou aliviada e disse apenas:

— Aquela negrinha infeliz já foi tarde.

E saiu à procura do pai para agradecê-lo por ter cumprido a promessa que lhe fizera, de punir exemplarmente a escrava que ousara desafiar o seu poder.

Capítulo 6

Desonra

Quando o orgulho atinge o seu extremo, é indício de uma próxima queda, pois Deus pune sempre os soberbos.

ESE – Cap. 7 – item 12

Faltando alguns meses para que Miguel viajasse à Europa, o pai pediu a ele que passasse esse tempo na fazenda, já que iriam ficar um longo período sem se verem. O rapaz foi recebido com grande alegria em casa, menos pela irmã que adorava ser o centro das atenções e não queria dividir o papel de protagonista com ninguém.

Porém a alegria do retorno não durou muito tempo, pois logo Miguel, que até a partida para a cidade grande era um menino aparentemente de boa índole, passou a se mostrar volúvel, deseducado e desinteressado pelas questões importantes. Tornara-se impaciente com os conselhos arrazoados da mãe e passara a não dar ouvidos às orientações que o pai pretendia lhe dar a respeito da administração da fazenda.

— Pai, se o senhor quer que eu vá estudar na Europa para que me torne uma pessoa importante, por que quer que eu aprenda a lidar com lavoura?

— Porque você e sua irmã são os herdeiros de tudo isso, meu filho. Mesmo que você não precise tocar a fazenda com os próprios punhos, como no meu caso, é importante saber como as coisas funcionam.

Miguel fingia concordar, mas logo arrumava um jeito de se ver livre do pai. A verdade é que ele sentia muita falta das farras em que se viciara na capital e estava bastante entediado com aquela vidinha sem graça no meio do mato.

Se ao menos houvesse uma relação de simpatia entre ele e Irene, se os dois se distraíssem juntos em atividades recreativas e diálogos edificantes ou até mesmo triviais, talvez isso amenizasse a sensação de tédio que o perturbava, mas os dois não se suportavam e, quando se dirigiam um ao outro, geralmente era para se ofenderem.

Preocupada, Adelaide acompanhava tudo à distância, mas sem poder tomar qualquer atitude, já que nenhum dos filhos lhe dispensava atenção e, sempre que se sentiam pressionados pela mãe para tomarem juízo, encontravam no pai o amparo de que precisavam para alimentarem o exacerbado egocentrismo em que se chafurdavam cada vez mais.

A propriedade mais próxima à divisa das terras de Teobaldo era de um agricultor de poucas posses, chamado Eleutério. Ele possuía apenas dois ou três escravos, razão pela qual toda a família se empenhava na labuta diária. Sua esposa, Expedita, morrera havia três anos. O sitiante vivia em companhia de dois filhos homens e uma menina, a caçula, que à época desses acontecimentos tinha uns dezesseis anos de idade.

Essa mocinha se chamava Berenice e, além de obediente e trabalhadora, era bastante recatada. De cabelos ruivos e olhos verdes, ela tinha por característica ficar com as bochechas afogueadas sempre que se via em alguma situação de constrangimento ou apuros, razão pela qual foi apelidada de "Brasinha".

No passado, Expedita, sendo uma mulher religiosa e temente a Deus, participara dos terços e ladainhas realizados por Adelaide e levava a filha para lhe fazer companhia no trajeto que era feito a pé, em cerca de uma hora de caminhada. Assim, com uma pequena diferença de idade entre Miguel e Berenice, os dois tiveram uma estreita relação de amizade em sua infância, durante essas constantes visitas.

Por suas almas puras e ingênuas, à época, os dois chegaram a acreditar em algum momento que eram namorados e que, quando crescessem, iriam se casar. Aliás, o menino, por volta dos onze anos de idade, havia prometido isso à Berenice, cuja reação foi ficar com as bochechas terrivelmente ruborizadas, mas com uma esperança viva em seu inocente coração de menina da roça.

Porém o tempo passou e suas vidas tomaram rumos bem diferentes. Enquanto Miguel foi enviado para a capital, com o intuito de se tornar um próspero homem de negócios e da política, Berenice nunca se distanciou das terras do pai e só conhecia a dura rotina dos trabalhos ali realizados, principalmente depois do falecimento de sua mãe, quando precisou assumir as tarefas domésticas.

Já o filho de Teobaldo, convivendo com rapazes mais velhos e experientes na cidade grande e contando com o apoio financeiro do pai, terminou descobrindo muito cedo os gozos da matéria nos braços de cortesãs especializadas em oferecer prazer aos mancebos filhos de famílias abastadas que tinham condições de pagar por eles.

Portanto, embora mantivesse ainda o semblante delicado de um garoto do interior, os pensamentos de Miguel já não eram os mesmos e, em pleno arroubo da mocidade, criava fantasias, buscando reviver os momentos de tresloucada volúpia que experimentara em diversos leitos patrocinados pelo dinheiro do genitor.

Numa determinada manhã, depois de uma noite repleta de sonhos lúbricos, ele decidiu procurar a antiga "namoradinha", curioso para saber como ela estava. Montou a cavalo e seguiu para a direção em que as terras de seu pai faziam divisa com as do pai da menina.

Depois de muito cavalgar, sem coragem de ir diretamente à casa do vizinho, já que não tinha uma razão convincente para a visita e porque, no fundo, se autoincriminasse pelas inconfessáveis intenções com que o fazia, decidiu retornar à fazenda do pai. Porém, antes, apeou para beber água em um córrego de águas corredeiras que era justamente um dos marcos da divisa entre as duas propriedades.

Para sua surpresa, ao se aproximar, viu Berenice chegando pela outra margem, levando na cabeça um cesto de roupas para lavar no ribeiro. Miguel a contemplou de longe, sem ser visto, e ficou bastante entusiasmado. Brasinha havia se tornado uma moça interessante, cujas formas do corpo não ficava a dever nada para as meretrizes com quem ele andara se refestelando nos últimos dois anos.

Sem saber que estava sendo observada, Berenice ficou bem à vontade ao acocorar-se à beira do rio, puxando o vestido até altura dos joelhos e passando a esfregar algumas peças de roupa sobre as pedras arredondas e lisas, provocando a formação de bolhas de espuma que surgiam e se desintegravam rapidamente sobre o leito cristalino.

Só depois de observá-la por um tempo, bastante envolvido por ideias libidinosas, foi que Miguel resolveu aparecer. Deixando o cavalo amarrado a uma árvore do lado das terras de seu pai, caminhou até uma pinguela que havia uns cem metros abaixo de onde Berenice estava e passou para o outro lado do rio.

Aproximando-se por trás, provocou grande susto à moça quando ela notou a sombra que se aproximava sorrateiramente.

— Minha nossa senhora! – Berenice gritou levantando-se de supetão e colocando a mão sobre o peito.

A reação do rapaz foi gargalhar ao ver a tremedeira dela e a vermelhidão em suas faces.

— Poxa, Brasinha, você não mudou nada, hein? Quer dizer, mudou sim. Virou uma belíssima mulher!

Berenice arregalou os olhos.

— Minha nossa senhora! Miguel? É você mesmo?

Ele abriu os braços.

— Sim, Berê, sou eu mesmo. Venha me dar um abraço.

Ela deu dois passos em direção a ele, mas estancou.

— Melhor não.

— O que é isso, Berê? Não estava com saudade? Não gostou de me ver?

Ela continuava enrubescida.

— Não é isso, menino. É que... Bom, eu estou comprometida pra me casar daqui a seis meses e não é de bom tom ficar abraçando outro moço, ainda mais aqui, no meio do mato...

— Outro moço? Eu? Ora, Berê, deixe de asneiras! Eu sou o seu namoradinho de infância, esqueceu-se deste detalhe?

— Coisas do passado – ela falou movimentando a cabeça negativamente, sem dar importância ao que o rapaz dissera. Depois se acocorou de costas para ele, à beira do ribeiro, e voltou ao trabalho.

Na verdade, Berenice inventara a história do noivado apenas para observar a reação de Miguel. Ela jamais o esquecera e, no fundo do coração, guardara a esperança de que a promessa feita na infância viesse a se concretizar. Ao tomar conhecimento de que o filho de Teobaldo estava na fazenda do pai, Berenice criou uma grande expectativa, pois queria muito que ele a procurasse.

Mas, apesar da limitação intelectual imposta pela vida simplória que levava, a filha de Eleutério era esperta o bastante para saber que dificilmente uma aproximação mais íntima entre o filho de um fazendeiro poderoso e uma moça pobre terminaria bem. De modo geral, os rapazes ricos só se envolviam com as jovens sem recursos materiais para tirarem proveito. Na maioria dos casos, depois de conseguirem o que queriam, deixavam-nas na saudade e quase sempre com a honra atirada à lama.

Em alguns casos, depois de serem alvos dessas armadilhas criadas a partir de promessas de casamento jamais cumpridas, a jovem desonrada, sem coragem de encarar os familiares ou até mesmo expulsa de casa por pais machistas e intolerantes, acabava cometendo suicídio ou se entregando ao meretrício em lugares muito distantes de onde havia nascido.

Por isso Berenice criara aquela estratégia. Em seu pensamento, se Miguel a amasse de verdade e quisesse ter com ela uma relação afetiva, teria que fazer isso de modo oficial, pedindo sua mão em namoro, marcando a data do casamento e tendo de esperar até a noite de núpcias para que a união de corpos se efetivasse.

Em um primeiro momento, ela chegou a acreditar que o plano houvesse funcionado, pois o rapaz a olhou muito sério e perguntou com claro despeito:

— Posso saber quem é esse noivinho misterioso que você arranjou?

— Você não o conhece – ela respondeu enquanto esfregava com os punhos uma peça de roupa. — A família dele se mudou para cá no ano passado...

— Deve ser algum joão-ninguém que nem tem onde cair morto – o filho de Teobaldo falou com soberba. — Também... Esperar o que de uma caipira pobretona como você, não é?

Indignada com a atitude dele, Berenice continuou de costas viradas, cuidando da lavagem das roupas, sem dizer uma palavra, mas seu coração estava despedaçado. Em vez da reação de ciúme que esperava de Miguel, pedindo a ela, de modo pacífico e amoroso, que terminasse o noivado e firmasse namoro com ele, ouviu aquelas palavras insultuosas em um irritante tom de presunção e orgulho. Uma afronta que jogava por terra as suas ilusões e lhe mostrava o quanto estava enganada em relação ao caráter do rapaz que desfilara em seus sonhos durante os últimos anos de sua vida.

Por outro lado, a atitude de descaso da moça fez com que Miguel ficasse bastante incomodado e sentisse o peito inflamado pela prepotência de quem está acostumado a mandar e ser obedecido sem relutância.

— O que foi? Ficou com raiva porque ouviu uma verdade? – ele gritou.

Ainda sem se virar, Berenice respondeu:

— Isso é problema meu e do meu noivo – ela disse fazendo grande esforço para não cair no choro. — É melhor que você vá embora e me deixe em paz com os meus afazeres.

A frieza com que era tratado fez o sangue do rapaz ferver de indignação e, ao mesmo tempo, um desejo incontrolável de subjugar a namoradinha de infância o dominou inteiramente. Miguel percorreu os arredores com os olhos e, certificando-se de que não havia nenhuma testemunha por perto, atirou-se sobre ela com o ímpeto de um predador faminto, sem raciocinar sobre a grande loucura que estava fazendo.

O ataque covarde e inesperado foi relativamente rápido. Dominada pela força desproporcional do rapaz, Berenice não teve como escapar. Algumas peças da roupa que estava sendo lavada foram arrastadas pela correnteza enquanto o fluxo do sangue que se esvaiu em decorrência do ato violento a que fora submetida, criou-lhe um desenho disforme no vestido e formou uma pequena mancha vermelha na areia branca que margeava o ribeiro.

Extenuado pelo esforço da agressão que acabara de cometer e pela satisfação momentânea do desejo saciado, o rapaz deixou-se cair de lado, com a respiração e os batimentos cardíacos acelerados, enquanto Berenice, cobrindo o rosto com as mãos, sentou-se e se entregou a um pranto desesperado.

Só nesse instante Miguel se deu conta da gravidade do ato praticado e sentiu medo ao pensar nas consequências de ter desonrado uma moça de família. Embora não fosse um fazendeiro importante e rico como Teobaldo, Eleutério estava longe de ser um homem pacífico ou incauto. Ele era muito querido na região e também possuía certa influência junto às autoridades. Com a ajuda dos filhos, certamente não deixaria barato o crime cometido contra a honra de Berenice.

Capítulo 7

Assassinato

O corpo não dá impulsos de cólera a quem não os tem, como não dá outros vícios. Todas as virtudes e todos os vícios são inerentes ao Espírito.

ESE – Cap. 9 – item 10

Sob o olhar temeroso de Miguel, Berenice se levantou tentando juntar os cacos de energia e dignidade que lhe restavam. Recompôs-se como pôde, prendendo com as mãos o vestido sujo de sangue e que fora rasgado pelo rapaz. Começou a andar em direção à estreita trilha que interligava o ribeiro e sua residência.

Num primeiro momento, Miguel ficou paralisado, apenas observando-a. Mas de repente percebeu que não poderia deixá-la ir embora naquele estado. Era preciso impedi-la, conversar com ela, tentar remediar a situação...

Saiu correndo, alcançou-a e tentou segurá-la pelo braço, mas a moça deu um forte safanão, libertando-se dele.

— Espere, Berê... Vamos conversar... Me perdoe... – ele implorou quase em desespero.

Ela continuou caminhando sem lhe dar a menor atenção. Seus soluços pareciam arrancados da alma e seus passos, ainda que arrastados e curtos, eram ininterruptos e seguiam determinados em direção à residência que ficava a cerca de quinhentos metros dali, mas que era acobertada pelo emaranhado de árvores que margeava os dois lados da trilha.

— Berê, eu quero me casar com você... Lembra-se de quando eu prometi isso? Então, eu voltei para lhe pedir em casamento – Miguel emendava uma mentira atrás da outra tentando interromper os passos da moça. — Não gostei de saber que você está noiva de um joão-ninguém... Veja, agora nós podemos nos casar... Podemos ser felizes juntos... Ninguém precisa saber do que aconteceu aqui... Com o nosso casamento, tudo se ajeita...

Berenice não dava a menor atenção a ele. Mergulhada em indignação e revolta, parecia dominada por uma estranha força que a mantinha alheia ao que se passava ao redor.

Vendo que não teria como dissuadi-la, morrendo de medo do que viria pela frente e ao mesmo tempo já se irritando com a teimosia da jovem, Miguel, novamente movido por um impulso irrefletido, voltou a atacá-la. Desta vez a arrastou para o meio do matagal, derrubou-a em meio a uma espessa moita de capim e, como ela começasse a gritar por socorro, tentou calá-la tapando-lhe a boca.

— Acalme-se! Fique quieta... Eu só quero conversar com você... Deixe eu me explicar, desfazer esse mal-entendido – ele procurava convencê-la a se aquietar.

Mas Berenice parecia prever que algo ainda mais grave estava por acontecer, pois começou a se debater com força e a morder os dedos do agressor, tentando se desvencilhar dele.

Envolvido por um misto de medo e raiva, Miguel mudou de tática e passou a apertar o pescoço da moça para impedi-la de pedir ajuda. Usando as duas mãos como se fossem garras, foi asfixiando-a cada vez mais forte até sentir a vida esvair-se completamente daquele corpo frágil e indefeso.

Depois arrastou o cadáver para um lugar ainda mais ermo, cobriu-o com galhos e se afastou rapidamente. Naquele momento tudo ficou muito quieto. O silêncio só não reinava absoluto devido ao suave murmúrio das águas correntes do ribeiro a correrem próximo dali.

Por um instante, o rapaz se sentiu aliviado. Ninguém havia testemunhado os dois crimes que acabara de cometer e, assim sendo, estaria livre de qualquer acusação. Com esse pensamento, evadiu-se do lugar, montou a cavalo e saiu em disparada.

Porém, enquanto cavalgava em direção à fazenda do pai, Miguel foi tomado por uma inquietante insegurança. O desaparecimento de Berenice haveria de provocar uma grande comoção na localidade e quando seu corpo fosse encontrado – o que não deveria levar muito tempo, levando em conta a proximidade do lugar em que fora escondido e o ribeiro onde os familiares sabiam que ela fora lavar roupas –, logo seriam iniciadas as investigações para se chegar ao assassino.

"Mesmo que ninguém tenha me visto, há uma grande chance de chegarem até mim", o rapaz sentiu um forte arrepio na espinha ao considerar esta possibilidade.

E foi com o semblante tenso e um temor incontrolável de ter que responder por aqueles crimes, que decidiu conversar com a única pessoa que poderia ajudá-lo a se livrar daquela enrascada.

Assim que chegou à fazenda, Miguel, choroso e inseguro, chamou o genitor para uma conversa reservada. Os dois se encaminharam a um cômodo que Teobaldo usava como escritório onde se trancaram.

— Por onde você andou, meu filho? Passou a manhã toda desaparecido – Teobaldo perguntou antes que o rapaz dissesse do que se tratava.

— É sobre isso mesmo que eu quero falar com o senhor, meu pai...

Observando o semblante tenso do filho, Teobaldo, que o conhecia muito bem, percebeu que ele andara aprontando.

— O que houve? Desembucha logo e pare de cerimônias, porque eu já estou ficando nervoso com essa lengalenga.

— É que eu fiz uma grande besteira e preciso da sua ajuda – o rapaz disse baixando a cabeça.

— Ah, meu Deus! O que você andou aprontando, seu moço?

Miguel continuava cabisbaixo, sem coragem de encarar o genitor.

— Fui dar uma volta por aí e encontrei a Berenice lá perto do ribeiro. Ela estava lavando roupa e...

— Espere um pouco – Teobaldo falou esticando o braço em direção ao filho, mostrando-lhe a palma da mão. — Se você disse que fez uma grande besteira, eu até já posso imaginar o que seja e vou facilitar as coisas. Só peço que me responda com toda a sinceridade.

Miguel movimentou a cabeça concordando, mas ainda sem coragem de olhar para o genitor.

— Você andou se refestelando com a filha do Eleutério no meio do mato?

O rapaz movimentou a cabeça confirmando.

— Sim, senhor.

— Foi consensual? A menina lhe deu ousadia para isso?

Desta vez o sinal com a cabeça foi negativo e a voz do jovem não convenceu nem um pouco:

— Bem... Ela deu a entender que queria, ficou me abraçando, ergueu o vestido para me provocar... Mas quando as coisas esquentaram, ela disse que não queria mais. Falou que estava noiva e começou a chorar.

— E mesmo assim você continuou?

— Eu estava excitado, pai. Ela me provocou. Além disso, eu achei que o choro era só charme. Achei que ela já tivesse se deitado com o tal noivo...

Teobaldo coçou a testa, numa atitude de reprovação.

— Meu Deus! Você desonrou aquela menina? Onde estava com a cabeça? Como vamos resolver esta situação? A essas alturas deve estar o maior pandemônio na casa do Eleutério e...

— Ela não tem como me denunciar – Miguel o interrompeu erguendo finalmente a cabeça e lançando para o pai um olhar implorativo, mas ao mesmo tempo estranhamente triunfal.

Teobaldo sentiu um frio na barriga ao perguntar:

— Como assim? O que foi que você fez com a filha do Eleutério?

Agora o olhar do rapaz era de uma frieza impressionante.

— Eu a matei, meu pai. Não tive alternativa. Se não fizesse isso, talvez já estivesse morto a essa hora, porque ela ameaçou contar ao pai e aos irmãos o que havia acontecido. Foi por isso que eu disse ter feito uma besteira e preciso da sua ajuda.

Embora assassinato não fosse uma novidade nas ações de Teobaldo, aquela confissão o deixou assustado. Seu filho havia desonrado e matado uma moça branca, filha de família decente, não uma negrinha cativa, cujo sumiço só não seria considerado dentro da normalidade se o dono a acusasse de fuga.

A primeira reação do fazendeiro foi se aproximar do rapaz e esbofeteá-lo com tanta força que o fez sangrar pela boca.

— Que tipo de imbecil você é? – rosnou com raiva, mas sem aumentar muito o tom de voz, para não ser ouvido por ninguém mais além do filho. — Por acaso tem ideia da imensa besteira que fez? Como foi que a matou?

Miguel secou com o dorso da mão a saliva vermelha que lhe escorria no canto dos lábios e respondeu com ódio, movido agora pela indignação de ter apanhado pela primeira vez na vida.

— Apertei o pescoço daquela idiota até que ela parasse de respirar. Depois arrastei o corpo para o meio do mato e o cobri com galhos de árvores.

Teobaldo voltou a coçar a testa e passou a ziguezaguear dentro do quarto, tentando organizar os pensamentos.

— Em que lugar você fez essa loucura?

— No matagal, perto do ribeiro onde ela estava lavando roupa.

— Vá para o seu quarto e não saia de lá – ordenou Teobaldo depois de mais alguns segundos de silêncio. — Vou pensar sobre o que fazer para remediar a sua estupidez.

Miguel estava bastante seguro quando seguiu para os seus aposentos, pois conhecia suficientemente o pai para saber que seria protegido por ele. Entretanto, assim que fechou a porta atrás de si, voltou a ser assaltado por forte inquietação. Até que ponto a proteção paterna poderia livrá-lo de responder judicialmente pelo que havia feito? E se os familiares de Berenice descobrissem ser ele o assassino e resolvessem se vingar, mesmo estando sob a guarida de Teobaldo?

Ao pensar que tudo aquilo poderia ter sido evitado, em vez de se recriminar, Miguel preferiu transferir para a sua vítima a culpa pelo ocorrido e disse para si mesmo:

— Se aquela caipira idiota tivesse facilitado as coisas, nada disso estaria acontecendo e ela estaria viva a essa hora.

O rapaz sentiu raiva, mas não de si mesmo, por haver cometido dois crimes seguidamente. Sentiu raiva de Berenice por ela não ter encarado o ataque à sua honra como um mero incidente; por não aceitar fingir que nada de grave havia acontecido e deixá-lo em paz.

Capítulo 8

Protecionismo

Lembrai-vos de que a cada pai e a cada mãe, Deus perguntará: "Que fizestes da criança confiada à vossa guarda?"

ESE – Cap. 14 – item 9

Teobaldo estava bastante preocupado com o que acabara de tomar conhecimento. Não necessariamente por saber que o filho havia cometido um assassinato, pois seus conceitos pragmáticos se sobrepunham a essas questões morais. Para ele, a morte de alguém com quem não tivesse laços afetivos era um fato trivial, independentemente do modo como ocorresse. Em sua concepção, partindo do princípio de que todo homem nasce para morrer e que ninguém fica para semente, o importante era manter vivos e protegidos – pelo maior tempo possível – os seus entes queridos. O resto era apenas "o resto".

O que o afligia era o fato de, pela primeira vez na vida, não conseguir encontrar uma solução prática para o problema que parecia fugir ao alcance de suas rédeas. Preocupava-o a possibilidade de não conseguir livrar o filho de uma punição, que tanto poderia advir da justiça oficial quanto de uma vingança perpetrada pelos familiares da vítima do rapaz.

Teobaldo sabia que a melhor maneira de ajudar seria tirando Miguel do cenário do crime, mas como? Com toda certeza a cavalgada do rapaz até o ribeiro fora testemunhada, assim como o momento de seu retorno. Quando o crime passasse a ser investigado, isto certamente viria à tona.

Depois de muito pensar, umas ideias esparsas começaram a se delinear na mente do fazendeiro, que chegou a se parabenizar quando elas ganharam consistência e lhe apontaram uma diretriz.

Teobaldo fez soar um pequeno sino que ficava dependurado próximo à porta de seu escritório e logo um lacaio – um mulatinho de uns doze anos – chegou correndo pelo longo corredor que ligava aquele cômodo às demais dependências da casa-grande.

— O coronel chamou? – perguntou o menino, cabisbaixo.

— Sim. Encontre o Carlão e diga a ele que venha imediatamente ao meu escritório.

O lacaio saiu correndo para chamar um mulato de corpo avantajado que, embora ostentasse o título de capataz, era uma espécie de faz-tudo na fazenda. Na verdade, o patrão não via naquele empregado atributos que lhe dessem condições de assumir a função de capataz, achava-o bastante limitado em termos de inteligência e sagacidade, mas esse defeito era recompensado por uma qualidade importante: Carlão fora criado na propriedade de Teobaldo e, desde menino, devotava uma lealdade canina ao fazendeiro, sendo uma pessoa discreta e de total confiança.

Teobaldo estava ainda envolto em suas ideias, delineando os pormenores do plano, quando ouviu batidas à porta do escritório.

— Coronel, o senhor mandou me chamar?

— Entre logo, Carlão – o fazendeiro ordenou.

O empregado ficou de pé, em frente à mesa de carvalho em torno da qual Teobaldo estava sentado em uma suntuosa cadeira almofadada. Embora convivesse há mais de trinta anos com o patrão, o empregado mantinha uma postura de total submissão diante dele, a cabeça baixa e as abas do chapéu presas pelas mãos à altura do peito.

— Carlão, eu tenho um assunto muito importante para tratar com você. Algo extremamente sigiloso, que vai exigir a sua total fidelidade a mim, entendeu?

— Nem precisa dizer isto, coronel. O senhor sabe que pode contar sempre com o meu silêncio.

— Sei, sim. E é por isso que mandei lhe chamar. Estou com um grande problema para resolver e preciso que você me ouça com atenção.

O empregado aquiesceu com um aceno de cabeça e Teobaldo falou:

— Hoje, pela manhã, o Miguel foi dar uma volta pela fazenda e encontrou a filha do Eleutério perto do ribeiro que divisa nossas terras. Bem... Todo mundo sabe que aquela menina, desde pequena, sempre arrastou as asinhas para o lado do meu filho. Então os dois começaram umas brincadeiras de gente desmiolada e a menina sofreu uma queda. Parece que bateu a cabeça em alguma coisa e...

Nesse momento, em um gesto automático, Carlão se benzeu.

— Por que está se benzendo? – perguntou Teobaldo entre curioso e irado.

— Desculpe, coronel. Mas eu achei que o senhor ia dizer que a menina Berenice tinha morrido.

— Eu ainda não disse, mas foi justamente isso que aconteceu. E o pior é que, com medo de ser acusado de ter matado a filha do Eleutério, o Miguel escondeu o corpo no mato.

Carlão voltou a se benzer, desta vez com mais eloquência.

— Pare com essas benzeduras, homem! Está me deixando nervoso com essa besteira que não resolve coisa alguma.

— Desculpe, coronel. Mas é que só de imaginar aquela menina tão linda morta assim...

— Assim como? – Teobaldo perguntou olhando firmemente para o empregado. — Está insinuando alguma coisa contra o meu filho?

— De jeito nenhum – defendeu-se Carlão, precisando fazer um grande esforço para não se benzer de novo. — Se o moço disse que foi acidente, quem sou eu para dizer que não foi? O senhor sabe que pode sempre contar comigo para o que der e vier.

— Assim é melhor – o fazendeiro disse após breve silêncio. — Como anda o comportamento do Porfírio depois que foi recapturado da última fuga?

Ocorre que, depois da morte de Ritinha, o escravo havia conseguido fugir novamente. O que ninguém sabia era que, desta vez, o objetivo não era se ausentar da fazenda, mas arranjar um meio de invadir a casa-grande e matar Teobaldo e sua filha desalmada, ainda que isso lhe custasse a própria vida. Porfírio só pretendia poupar Adelaide e Miguel de seu ato de vingança porque, segundo a própria Rita lhe dissera, nenhum dos dois tivera nada a ver com a injustiça sofrida por ela.

Na ocasião do ocorrido, Adelaide havia implorado ao marido que relevasse o incidente e desse à menina acusada de roubo uma segunda oportunidade, mantendo-a na casa-grande, o que foi negado por Teobaldo. Quanto a Miguel, este ainda estava vivendo na capital à época dos acontecimentos e nem soubera dos fatos.

Entretanto, uma vez mais, os planos de Porfírio foram frustrados. Ele acabou recapturado antes mesmo de conseguir se aproximar da casa-grande, quando procurava alcançá-la atravessando um matagal fechado, que desembocava próximo às dependências da residência do fazendeiro.

Sem suspeitar da gravidade do que fora planejado pelo escravo fujão e considerando que se tratava de apenas mais uma tentativa de escapar do cativeiro, o castigo infligido a ele não foi muito diferente dos anteriores, apenas mais rígido: três dias amarrado ao tronco, quase sem alimentação, e sendo chicoteado ao alvorecer e ao anoitecer, diante dos demais cativos, para que todos vissem o que iria acontecer com quem lhe seguisse o exemplo.

— Pelo jeito, o Porfírio anda bem comportado – respondeu Carlão. — Ao menos os feitores não têm se queixado dele.

O coronel pensou um pouco mais e depois relatou detalhadamente a ideia que desenvolvera para resolver o delicado problema que o filho lhe arranjara. O empregado o ouviu com bastante atenção antes de sair a galope para cumprir as ordens de Teobaldo.

Capítulo 9

Infame estratégia

Ninguém tem o direito, em caso algum, de atentar contra a vida de seu semelhante: é um crime aos olhos de Deus, que vos traçou a linha de conduta que tendes de seguir.

ESE – Cap. 12 – item 11

Seguindo o roteiro traçado e explicado pelo fazendeiro, Carlão mandou que um dos feitores lhe entregasse Porfírio, alegando que o patrão havia acabado de vendê-lo.

Assim que recebeu o escravo, ele disse:

— Porfírio, eu vou levá-lo à fazenda do seu novo proprietário e espero que você não me crie problemas. Tenho ordens expressas para atirar em você, caso me desobedeça e tente fazer qualquer besteira.

O negro ficou em silêncio, já que não era de falar muito, demonstrando grande ojeriza por seu dono e por todos os empregados da fazenda.

Porfírio teve as mãos amarradas por uma corda que foi presa à cela do cavalo de Carlão. Ele teria de andar bem rápido para acompanhar os passos do animal. O capataz seguiu em direção ao ribeiro onde o crime havia ocorrido e, lá chegando, falou para o escravo:

— Estou com problemas intestinais e vou ter que me aliviar ali no mato. Fique quieto aqui e se comporte, hein?

Novamente o negro se manteve em silêncio. O capataz adentrou o mato e ficou observando. Não demorou muito para ocorrer o que esperava. Vendo-se sozinho, Porfírio começou a esfregar a corda em umas pedras até conseguir arrebentá-la e desaparecer em meio à mata que circundava o ribeiro.

Carlão ainda esperou algum tempo antes de sair do mato, montar a cavalo e galopar em direção ao sítio do Eleutério. Lá chegando, encontrou o sitiante e seus dois filhos cuidando da pequena roça de café, com a ajuda de três escravos já de idades avançadas, de pouco valor comercial.

— Bom dia, senhor Eleutério! Tudo bem por aí?

O capataz era bem conhecido pela família e foi recebido com cordialidade.

— Bom dia, Carlão! O que está fazendo deste lado da cerca? – disse o sitiante.

— Vim saber se vocês não viram nada suspeito por aqui. É que um negro fujão escapou lá da fazenda do coronel e pode estar amoitado por essas bandas.

Eleutério olhou para os filhos e ambos menearam a cabeça em negação.

— Não vimos nada não, Carlão. Mas foi bom avisar. Daí nós ficamos de sobreaviso. Se ele aparecer por aqui, nós o capturamos e mandamos avisar o coronel.

— Pois aí é que está o problema – o capataz falou, lembrando-se das orientações que Teobaldo lhe passara. — É melhor não tentarem capturar o negro, por se tratar de sujeito violento, que já tem até morte nas costas.

— Um assassino? – perguntou Eleutério indignado. — E como é que um negro assim fica solto por aí? Não deveria ter sido enforcado ou estar trancafiado na cadeia?

— Deveria – concordou Carlão. — Mas se trata de um escravo muito produtivo, então o coronel achou que o melhor castigo que ele merecia era no eito, se acabando de trabalhar. O problema é que o miserável parece que tem pacto com o diabo. Nunca vi alguém encontrar tanta facilidade pra fugir do cativeiro.

— Isso é bem preocupante. Mas, se esse maldito aparecer por aqui, vai levar chumbo – disse Eleutério mostrando a espingarda que estava sempre ao alcance de sua mão.

— O senhor faz muito bem – concordou o capataz. — Melhor mandar logo para o inferno em vez de tentar capturar e correr o risco de ser agredido ou até morto por aquele verme.

Depois daquele breve diálogo, Carlão regressou à fazenda e comunicou aos feitores que Porfírio havia fugido próximo ao ribeiro da divisa.

— Eu sabia que esse negócio de conduzi-lo sozinho não ia dar certo – comentou o feitor que havia entregado o negro ao capataz. — Aquele sujeito parece um demônio. Como encontra facilidade para fugir!

— O jeito agora é chamar o capitão do mato – observou outro empregado da fazenda.

— Não haverá necessidade – respondeu Carlão. — Como a fuga está bem recente, ele não pode ter ido muito longe. Além disso, eu sei exatamente o local onde ele se evadiu. Vamos nós mesmos procurar aquele infeliz.

Assim, em companhia de dois feitores, o capataz da fazenda seguiu colocando em prática o plano elaborado por Teobaldo.

A rápida visita de Carlão e a informação de que havia um assassino foragido pelas imediações deixou Eleutério realmente preocupado. A plantação de café onde eles estavam trabalhando ficava a uma boa distância da residência, onde Berenice costumava ficar sozinha praticamente o dia inteiro.

Sentindo talvez um pressentimento ruim, o sitiante voltou-se para um de seus filhos e disse:

— Dê uma chegada lá em casa e veja se a sua irmã está bem.

Obediente, o rapaz deixou a ferramenta e seguiu caminhando para a casa. Meia hora depois ele retornou e disse:

— Pai, a Berê não está em casa e a porta estava trancada. Eu acho que ela foi lavar roupa no ribeiro.

Eleutério tirou o chapéu e passou o dorso da mão sobre a testa suada.

— E você não foi ao ribeiro para confirmar se ela está lá?

O rapaz arqueou os lábios ao responder:

— Ué, o senhor me mandou ir em casa, não no ribeiro.

— Mas que estúpido você é, rapaz! Deveria ter verificado se sua irmã está bem. Se ela está mesmo no ribeiro...

— O senhor quer que eu volte lá?

— Não precisa. Deixe que eu mesmo faça isso. Volte ao trabalho.

Eleutério se arrependeu de já não ter ido ele mesmo da primeira vez. Era estranho, mas alguma coisa o incomodava intimamente. Passou em casa e se certificou de que realmente a porta estava trancada e a filha não se encontrava ali.

Seguiu então pela trilha que levava ao ribeiro e, enquanto andava, sentia uma grande tristeza invadir-lhe a alma. Logo ouviu o murmúrio das águas. Aproximou-se do local onde, no passado, a esposa lavava as roupas e cuja tarefa passara a ser de Berenice depois da morte de Expedita.

Não havia sinal de vida ali, embora o cesto com algumas peças de roupa estivesse próximo ao rio. Então Eleutério fez o caminho de volta bem devagar, prestando bastante atenção a tudo. De repente algo o intrigou: um retalho de pano colorido estava preso ao galho de uma pequena árvore à margem da trilha.

No chão, um rastro de mato amassado mostrava que alguma coisa fora arrastada por ali. Eleutério seguiu o rastro que se infiltrava para o interior da mata. Cerca de quarenta metros adentro, deparou-se com uma pilha de galhos. Com o coração sobressaltado, começou a retirar os galhos até se deparar com o corpo de Berenice.

Ao ver o cenário terrível que se expôs diante de seus olhos, o sitiante sentiu algo explodir dentro de si. Jogou-se sobre o cadáver da filha, abraçou-o e começou a chorar. Levou um longo tempo para se recompor. Ergueu-se enfurecido e retornou para a trilha. Precisava chamar os filhos... Pedir ajuda... Levar a menina para casa... Sua cabeça estava confusa e ele não conseguia organizar os pensamentos para decidir sobre como agir diante daquela bombástica realidade.

Um pouco antes de sair da trilha encontrou-se com Carlão e os dois feitores conduzindo Porfírio amarrado pelas mãos.

— Como vai, seu Eleutério, está tudo bem com o senhor? – o capataz perguntou, já prevendo o que havia acontecido devido ao semblante tenso do sitiante.

Ele não respondeu. Apenas se aproximou e perguntou apontando para o escravo o dedo indicador:

— Este é o maldito assassino fugitivo?

— É este mesmo – Carlão respondeu com fingida naturalidade. — Nós o encontramos escondido no mato e...

Eleutério não quis ouvir mais nada. Chegou bem próximo a Porfírio que o olhava sem nada entender. Apanhou a espingarda que trazia às costas e descarregou uma grossa carga de chumbo no rosto do escravo, estraçalhando-lhe a face. Caído ao chão, debatendo-se nos estertores da morte, a inocente vítima daquela trama sinistra ainda recebeu uma cusparada de seu assassino, que vociferou entre dentes:

— Que o diabo o receba no inferno, seu verme maldito!

Diante dos olhares espantados dos feitores, o sitiante disse com voz odiosa e ao mesmo tempo embargada pelo pranto:

— Este assassino matou a minha filha. Ele tinha que morrer também.

Carlão seguia mantendo a sua farsa, mas no fundo vibrava de alegria. Tudo havia saído conforme planejado pelo patrão, que certamente iria recompensá-lo pelo sucesso da empreitada.

Capítulo 10

Na Europa

É inútil que o homem ávido de gozos procure iludir-se sobre o seu destino nesse mundo, pretendendo ser-lhe lícito ocupar-se unicamente com a sua felicidade.

ESE – Cap. 11 – item 13

Mesmo com os ardilosos planos de Teobaldo tendo funcionado como fora programado, o fazendeiro ainda temia a ocorrência de algo que lhe fugisse ao controle e colocasse Miguel em maus lençóis. Assim, tratou de providenciar a ida do filho para Portugal o mais rapidamente possível. O rapaz ficaria hospedado na casa de uns parentes que viviam em Lisboa.

Ao saber que o irmão iria partir em breve, Irene demonstrou grande alegria, pois simplesmente não suportava dividir com ele a atenção do pai. Adelaide, por sua vez, sem ter a menor noção do envolvimento do filho na morte da jovem vizinha, pois também acreditou que Berenice fora vítima de Porfírio, entristeceu-se.

Embora tendo se decepcionado com o comportamento irresponsável que Miguel demonstrou no período em que esteve na fazenda, a mãe tinha a esperança de convencê-lo a mudar de postura e de voltar a ser o menino bondoso e educado de anos atrás. Adelaide achava mais viável reconduzir o filho para o bom caminho do que Irene, que desde pequena já demonstrara desvio de caráter e que parecia piorar a cada dia, uma vez que contava com o apoio irrestrito do pai para exercitar suas maldades.

Apesar de tanta resistência e descaso, a esposa do fazendeiro continuava tentando despertar em seus familiares, inclusive em Teobaldo, a consciência sobre a importância dos valores espirituais. Muito além das questões religiosas, o que ela procurava mostrar-lhes eram as consequências dos atos praticados.

— O plantio é facultativo, mas a colheita é obrigatória – ela dizia sempre que se apresentava uma oportunidade de fazê-lo, mas era rechaçada e rotulada de carola, tanto pelo marido quanto pelos filhos.

Adelaide não sabia exatamente de onde brotava aquela necessidade de corrigi-los, de alertá-los para o efeito negativo de suas más ações, e procurava fazer isso não apenas por meio de palavras, mas de suas próprias atitudes. Entretanto, o único resultado que alcançava com isso era a indiferença ou até mesmo o escárnio de seus entes queridos mais próximos.

Com a partida de Miguel, alguns dias depois do assassinato de Berenice, Teobaldo ficou mais sossegado e a vida na fazenda retomou seu ritmo normal.

Já na casa de Eleutério o ambiente se tornou penumbroso devido ao luto pela morte da mocinha e o sitiante nunca mais foi o mesmo homem. Perdeu o sossego e a saúde, culpando-se por não haver protegido a indefesa filha das garras de seu assassino. E foi assim que enfrentou os últimos anos de sua vida: triste, amargurado e infeliz.

Em Portugal, tendo se hospedado na luxuosa residência de um tio chamado José, um próspero comerciante que era irmão de Teobaldo, Miguel se entregou com afinco aos estudos. Entretanto, essa determinação teve a brevidade de um fogo de palha.

Com o passar do tempo, o rapaz retornou à vida boêmia de aluno relapso e irresponsável. Voltou a frequentar os ambientes noturnos, onde, entre bebedeiras, jogatinas e relações fugazes com meretrizes, gastava descuidadamente o dinheiro do genitor.

Em uma das noites de bebedeiras, tendo se envolvido em uma briga por motivos triviais, o filho de Teobaldo foi esfaqueado gravemente por seu desafeto. O crime teve de ser abafado, pois o jovem que ferira Miguel era filho de um homem que exercia alto cargo na sociedade, pessoa por quem José tinha grande consideração e a quem quis poupar de um escândalo público.

Assim, Miguel ficou internado na própria residência do tio. Inicialmente, um médico ia visitá-lo todos os dias e, com o passar do tempo, à medida que o rapaz se recuperava, essas visitas foram se escasseando até chegar ao ponto de o filho de Teobaldo poder ser cuidado apenas por Carlota, uma prima solteirona, possuidora de um temperamento ácido e pouco atrativo.

Carlota era filha única de José e vivia a sós com o pai, uma vez que sua mãe já havia falecido. Ela era doze anos mais velha que Miguel e, desde o momento em que colocou os olhos sobre o primo, deixou bem claro que ficara bastante interessada nele. O jovem estudante a repudiou, achando-a velha e antipática, mas teve de ser discreto; afinal, queria ser bem tratado naquela casa, pois não pretendia tão cedo retornar ao Brasil.

O crime cometido em terras brasileiras, embora tendo ficado impune, deixara uma estranha marca em algum compartimento de sua alma e, vez por outra, roubava-lhe o sossego e o deixava bastante perturbado.

Depois de quase ter sido assassinado naquela estúpida briga de bêbados, Miguel passou a ter um pesadelo recorrente no qual Berenice aparecia com o vestido rasgado e manchado de sangue, caminhando por uma vereda que se estendia entre árvores ressequidas que pareciam ter sido devoradas por um incêndio.

Seus cabelos ruivos e ondulados apresentavam-se em desalinho, os olhos verdes, demonstrando grande pavor, buscavam fixar-se nos olhos de Miguel, que os evitava a todo o custo. Embora seus lábios se movessem, como se dissessem qualquer coisa, Berenice não dizia nada e passava bem rente a ele, provocando-lhe um arrepio aterrador.

Miguel acordava suando e às vezes chegava a emitir gritos desesperados. Carlota, que cuidava diuturnamente do primo, corria a abraçá-lo nesses momentos e aproveitava a ocasião para provocá-lo, fazendo-lhe carícias um pouco mais ousadas.

Uma noite em que Miguel acordou gritando durante mais uma dessas crises de susto provocado pelo pesadelo, a solteirona, aproveitando-se da fragilidade do primo, beijou-lhe os lábios com extremada lascívia. Cedendo aos arroubos daquele apelo,

Miguel, por um breve momento, retribuiu ao beijo e nesse exato instante José adentrou o quarto.

O comerciante fez um grande alvoroço, chamando o sobrinho à razão:

— Que falta de respeito é essa com sua prima, rapaz? Quer dizer que eu viro as costas e você se aproveita para abusar da inocência de uma moça pura e recatada, que o acolheu respeitosamente em nossa casa?

Assustado com o sonho ruim que tivera e agora mais ainda pelo flagrante do tio, Miguel tentou dizer qualquer coisa, porém foi interrompido com grosseria:

— Não quero ouvir nenhuma desculpa – disse José. — O que testemunhei não tem justificativas e eu o aconselho a não subestimar a minha inteligência. O que vi aqui foi fornicação, abuso de confiança e ingratidão...

Ao terminar a ruidosa reprimenda, o comerciante fez uma imposição taxativa:

— Depois do que aconteceu, vocês dois terão de se casar!

Miguel levou um susto e tentou se explicar, mas foi em vão. O tio estava bastante determinado.

— Ou você se casa com a Carlota, ou terá de enfrentar a minha ira. Esqueço-me de que sou seu tio e o desafio para um duelo até a morte, para defender a honra do meu lar.

Obviamente Miguel não sabia, mas tudo o que estava acontecendo fora planejado entre pai e filha. Carlota já havia perdido a esperança de arranjar casamento, pois, apesar da riqueza que haveria de herdar, não conseguira encontrar um candidato à altura. Apesar de estar em uma idade, à época, considerada avançada para as moças casadouras e de possuir aquele temperamento insuportável, isso não era razão suficiente para diminuir-lhe o grau de exigência na hora de escolher o possível futuro consorte.

Assim, alguns aspirantes que surgiram em sua vida foram descartados pelas mais diversas razões: muito gordo, muito alto, muito baixo, muito velho, muito burro, muito atrevido... E, desse modo, ninguém fora aprovado pela exigente solteirona e José se inquietava vendo a filha envelhecer solitariamente, demonstrando clara amargura e boa dose de inveja a cada cerimônia de casamento que testemunhava.

Capítulo 11

O peso do remorso

E que pesar mortal se, num acesso de fúria, praticasse um ato que houvesse de deplorar toda a sua vida.

ESE – Cap. 9 – item 9

Quando os olhos de Carlota miraram pela primeira vez o primo brasileiro, de quem até então só ouvira falar, não lhe restou a menor dúvida de que estava diante do eleito de seu coração: um rapaz bonito, inteligente, elegante... A única característica que a deixou um pouco decepcionada foi o comportamento irresponsável de Miguel. Porém ela pensava que não seria tão difícil dar um jeito naquele problema, caso conseguisse fisgá-lo.

O grave ferimento sofrido pelo primo, e a decisão de mantê-lo em casa durante o tratamento, fora também uma estratégia para tê-lo sob vigília e fazer que o rapaz passasse a prestar mais atenção a ela. Como o plano não estava saindo muito a contento, Carlota e José combinaram de armar aquele flagrante que terminou na imposição do casamento.

Mais tarde, enquanto pai e filha se congratulavam pelo teatrinho tão bem encenado, Miguel começava a considerar os pontos positivos de se casar com Carlota. Embora não sentindo absolutamente nada por ela, angariaria uma vida confortável em Portugal e não teria mais que se preocupar em voltar ao Brasil.

Afinal, na condição de genro do tio rico, não precisaria mais da tutela do pai para se manter financeiramente.

Quanto às escapadelas para as suas noitadas de farras, ele não via necessidade de renunciar a elas. Em seu pensamento, bastaria manter a esposa satisfeita para ser liberado de vez em quando e continuar desfrutando de sua liberdade.

Quando a notícia chegou ao Brasil, Teobaldo ficou bastante irritado, pois não fora com esse propósito que mandara o filho para a Europa. Mas, segundo lhe informava o irmão, por carta, não havia mais o que fazer, pois havia uma séria desconfiança de que Carlota estivesse grávida; outra mentira criada por pai e filha para consolidar seus planos.

Falsidades à parte, o casamento foi realizado em pouco tempo e logo Miguel descobriu que a vida ao lado do sogro e da esposa não seria tão mansa quanto pensara. A começar pela troca da vida boêmia por uma rotina de reclusão e constantes visitas à igreja, pois a filha de José era católica inveterada e fazia questão de que o esposo a acompanhasse em todas as missas.

A ideia de que, mantendo-a satisfeita, teria de volta a liberdade para as suas escapadelas, mostrou-se equivocada. Carlota jamais ficava satisfeita, por mais que o marido se esforçasse para agradá-la. Era uma mulher mimada e exigente ao extremo. Restaram ao jovem consorte o dia a dia entediante ao lado de Carlota e os pesadelos com Berenice, que se tornavam cada vez mais constantes e assustadores.

Sob as curtas rédeas impostas pelo tio e pela esposa, Miguel foi aos poucos se adaptando àquela nova situação. À semelhança de um potro indomado que passa a ser vencido pelas rédeas do domador, o filho de Adelaide foi se rendendo aos poucos. Se a mãe pudesse vê-lo agora saberia que ele estava tendo finalmente um comportamento bem próximo àquele que ela tentara em vão lhe imprimir.

O casal não teve filhos. Miguel, que jamais se curara inteiramente dos profundos cortes que recebera no abdômen, desenvolveu um processo infeccioso no intestino e adoeceu com gravidade três anos após o casamento com Carlota.

Com a doença piorando cada vez mais e tendo sido desenganado pelo médico, ele pediu para fazer uma confissão ao padre que rezava as missas que assistira nos últimos anos ao lado da esposa.

Embora parecendo indiferente às orientações espirituais que ouvira na igreja, muitas daquelas advertências ficaram gravadas em sua mente e faziam aumentar ainda mais o pesado fardo que trazia na consciência. Por isso, prevendo que o momento de deixar o mundo físico se aproximava, e sem saber exatamente o que o aguardava no além-túmulo, o rapaz sentiu necessidade de expor o grave segredo à única pessoa em quem depositava alguma confiança.

— Preciso confessar os meus pecados – ele disse, assim que se viu a sós com o padre. — Sinto a consciência pesada demais... Tenho pesadelos horríveis...

— Acalme-se, meu filho! – disse o religioso. — Confesse a Deus os seus pecados e será absolvido.

— Absolvido apenas por confessá-los? – perguntou Miguel um tanto descrente daquele enunciado.

— Não apenas por confessá-los, mas também por se arrepender e por pedir perdão com toda a sinceridade do seu coração.

O rapaz se mostrou bastante aflito ao elaborar a próxima pergunta:

— Mesmo que eu tenha desonrado uma moça e a matado a seguir? Mesmo que tenha cometido crimes gravíssimos que ficaram impunes? Mesmo que tenha deixado um inocente pagar pelos meus erros?...

De olhos fechados, certamente buscando inspiração para a resposta que deveria dar, o padre silenciou por um longo tempo antes de dizer:

— Deus está acima de tudo, meu filho! Se for do seu merecimento, Ele o absolverá. Fale com Ele que lhe ouvirá por intermédio dos meus ouvidos.

Depois de um forte suspiro, arrancado das profundezas de sua alma, Miguel falou com voz de choro:

— Deixei-me dominar pela libertinagem, pela presunção e pelo prazer de subjugar um ser frágil e indefeso. Agi como um louco, padre. Tudo isso aconteceu na fazenda de meu pai, no Brasil, quando resolvi ir atrás de uma jovem vizinha depois de uma noite inteira de sonhos lúbricos...

E, com a voz embargada pelo pranto, demonstrando um profundo remorso por seus atos, o filho de Teobaldo contou detalhadamente ao religioso sobre os crimes cometidos contra Berenice e sobre a maneira como Porfírio fora incriminado por seu genitor e executado pelo pai de sua vítima.

— Além de desonrar e matar uma jovem indefesa, eu não tive coragem de assumir as consequências da besteira que fiz e deixei que um inocente pagasse pelos meus erros – finalizou depois de arrastados minutos de confidência. — Eu sou uma pessoa horrível!

— Deixemos o julgamento a encargo de Deus – o padre falou de modo conciliador. — Não vamos nos precipitar. Renove seu amor para com o Pai Maior. Faça as pazes com a sua consciência. Reze bastante e procure descansar.

Depois de mais algumas orientações e dos procedimentos finais do sacramento da penitência, o religioso se despediu, deixando ali um jovem subjugado pelo arrependimento.

Carlota, que estrategicamente colara o ouvido à porta e ouvira boa parte da confissão de seu marido, em vez de recriminá-lo foi envolvida por um forte sentimento de piedade, tanto por Miguel, em razão do sofrimento imposto pelo remorso, quanto pelas vítimas dos crimes que ele havia cometido.

Na verdade, ela e seu pai também tinham os seus "pecados", mas não os confessava. José tocava seus negócios de modo desonesto, surrupiando clientes e fornecedores, em ações discretas e muito bem engendradas. A moça sabia desse comportamento criminoso do pai e o ajudava sempre que necessário.

O desabafo desesperado que Miguel fizera ao padre, agarrando-se a qualquer fio de esperança em busca de perdão; o sincero arrependimento exposto em suas palavras e o pranto torrencial com que as pronunciara, fizeram brotar no coração da filha de José os resquícios do arrependimento por suas próprias más ações e, talvez num gesto de empatia, teve despertado em seu íntimo um sentimento de piedade até então ocultado pela falta de consciência de que errava.

Assim, mesmo fingindo não saber de nada daquilo, passou a tratar o marido com um pouco mais de carinho e paciência. E, justamente na última noite que passariam juntos, quando as dores físicas e as inquietações espirituais atingiram um patamar insuportável a Miguel, ele descobriu que a esposa fria, exigente e dominadora possuía também um lado bastante afetivo.

Enquanto ele chorava, contorcendo-se e tremendo de febre sob os cobertores, ela acariciava-lhe a fronte e procurava confortá-lo, dizendo com voz suave e chorosa:

— Estou ao seu lado, meu querido, e estarei sempre. Prometo ajudá-lo no que for possível para que você se sinta melhor.

Foi uma longa noite. Quando o dia amanheceu, Miguel já não estava na cama. Apenas seu corpo sem vida, ainda com os traços de juventude, mas bastante desgastado pelos sofrimentos físico e moral, encontrava-se estirado sobre o leito.

Mais tarde, enquanto o esquife baixava sepultura, José sussurrou ao ouvido da filha:

— Pena que seu casamento tenha durado tão pouco, minha querida!

Com o rosto coberto por um véu negro que lhe escondia o semblante entristecido, a recém-viúva disse apenas:

— Não tenho do que me queixar, meu pai. Foi muito bom enquanto durou.

A seguir, recebeu das mãos do coveiro a pá, com a qual deveria jogar a primeira porção de terra sobre o caixão.

Depois daquele dia, Carlota se fechou em luto e passou a ter uma vida ainda mais reclusa. Entretanto rezava diariamente para que Miguel, estando onde estivesse, pudesse encontrar a paz que tanto almejava e da qual ele próprio não se julgava merecedor.

Capítulo 12

Perseguição e loucura

A morte, como sabemos, não nos livra dos nossos inimigos.

ESE – Cap. 10 – item 6

No Brasil, a notícia da morte de Miguel provocou diferentes reações. Teobaldo ficou arrasado e precisou fazer um esforço imenso para não cair no pranto na frente de todos; atitude que, a seu ver, o denunciaria como um homem fraco e sentimentalista. Ele ainda alimentava a esperança de que o filho, casado ou não, voltasse para casa e o ajudasse a tocar a fazenda, o que agora se tornara impossível.

Irene agiu como se nada houvesse acontecido, já que para ela tanto fazia que o irmão estivesse vivo ou morto. Quem mais sofreu com a notícia foi Adelaide, que fechou luto por vários meses e passou a rezar diariamente pelo filho, pedindo a Deus que amparasse sua alma, estando ela onde estivesse.

Alguns anos se passaram sem novidades na fazenda. Teobaldo continuava sendo o dono de escravos cruel e agressivo de sempre, dando um péssimo exemplo à filha, que seguia copiando as suas ações.

Tendo um comportamento um tanto egocêntrico, Irene jamais se envolveu em uma relação afetiva nem demonstrou o menor interesse em se casar e, ao contrário da prima portuguesa, não dava a menor importância para o depreciativo rótulo de "solteirona encalhada", deixando claro que se sentia muito bem do modo como estava. A verdade é que não gostava de compartilhar nada e via os possíveis pretendentes a marido com um olhar de superioridade, achando-os indignos de sua atenção.

Adelaide, desde que tomara conhecimento da morte do filho, tornara-se uma mulher triste e meditativa, mas jamais perdera a fé em Deus e prosseguia fazendo as suas preces e ações de caridade, principalmente no trato com os escravos que ficavam sob sua direção.

Quando Teobaldo estava próximo de completar sessenta anos, começou a ter um comportamento estranho. Tornou-se um homem introspectivo ao extremo, passando a se trancar no escritório durante horas, sem que ninguém soubesse o que ele fazia naqueles momentos de solidão.

Irene foi a primeira a notar a esquisitice do pai e tentou se aproximar dele, mas, embora Teobaldo continuasse tratando-a com a deferência de sempre, não lhe deu satisfações nesse sentido. Adelaide também tentou descobrir o que estava acontecendo, mas o marido ignorou completamente as preocupações dela.

— Será que o papai está ficando louco? – Irene perguntou um dia à sua mãe.

— É claro que não! – respondeu Adelaide. — Ele deve estar começando a refletir sobre as maldades que tem feito aos escravos durante todos esses anos. E será bom que o faça, pois ainda está em tempo de se arrepender e corrigir alguns erros.

Irene lançou para a mãe um olhar de escárnio.

— Pelo jeito não é só ele que está ficando biruta nesta casa. A senhora também, com essa ideia descabida, deve estar perdendo o juízo de vez.

Antes que a mãe respondesse, a moça se afastou rapidamente, pois gostava que a última palavra fosse sempre a dela.

Teobaldo não queria que ninguém soubesse o que se passava, justamente para não ser acusado de estar enlouquecendo. A verdade é que, nos últimos tempos, dera de ver vultos e ouvir gritos estridentes, gargalhadas sinistras e provocações de toda ordem. E esses fenômenos ocorriam a qualquer hora do dia ou da noite, causando-lhe um tremendo desequilíbrio emocional.

Uma das primeiras cenas que conseguiu distinguir entre esses vultos que o assombravam abalou sobremodo as suas estruturas conceituais: Teobaldo viu o filho morto ziguezagueando aleatoriamente por uma intricada trilha, carregando no colo a moça que fora vítima de sua maldade.

Berenice tinha o semblante melancólico e estava estirada no colo de Miguel à semelhança de um enfermo inconsciente. Já o rapaz parecia conformado em transportar aquele pesado fardo, demonstrando sentir-se na obrigação de fazê-lo. Sua fisionomia pesarosa e desesperançada era uma máscara de dor, expondo evidente expressão de remorso.

Quando a cena desapareceu do campo de visão espiritual do fazendeiro, ele estava arrepiado da cabeça aos pés, tendo a certeza de que, embora estivesse cochilando no momento em que a vira, não se tratava de um sonho, mas de uma estranha e inexplicável realidade.

Teobaldo se lembrou das advertências que Adelaide lhe fazia sobre o modo rigoroso como conduzia a vida e a obrigatoriedade de colher, no além-túmulo, o que houvera plantado em vida. Estaria Miguel fazendo a sua colheita em relação ao crime que cometera? E, se fosse desse modo, com o que ele (Teobaldo) iria se deparar do outro lado, tendo angariado tantos inimigos?

Abalado pelo que acabara de ver, e começando a sentir medo do futuro, chegou a considerar a possibilidade de falar a respeito daquilo com a esposa, mas o orgulho mais uma vez o impediu e ele guardou em segredo as suas dúvidas e apreensões.

Passado mais algum tempo, num dia em que estava trancafiado em seu escritório, recostado em sua confortável cadeira, Teobaldo acabou pegando no sono e acordou com o cômodo imerso em penumbras, pois o tempo estava chuvoso e começava a anoitecer. Mal abriu os olhos e viu o vulto de um homem de costas para ele, a dois metros de onde estava.

Notando que se tratava de um negro, de dorso nu, usando uma calça surrada amarrada com cipó, o fazendeiro se irritou. Não conseguia entender como aquele escravo conseguira entrar no escritório, mas não gostou nem um pouco de ter sua privacidade invadida.

— Que diabos você está fazendo aqui? – gritou, enquanto abria a gaveta e apanhava uma garrucha que mantinha sempre à mão.

Porém, assim que ele fez mira, o vulto se virou em sua direção e o susto foi tão grande, que Teobaldo caiu com cadeira e tudo. Ocorre que, ao olhar para ele, o negro expôs o rosto completamente deformado; uma cena que fez o fazendeiro entrar em choque.

Assim que se recompôs da queda, Teobaldo percebeu que o espectro continuava ali e, pior, começava a andar vagarosamente em sua direção. Ele se lembrou de Carlão ter-lhe dito, por ocasião do assassinato de Porfírio, que Eleutério havia destruído a face do escravo com um tiro de espingarda.

Na ocasião, Teobaldo chegara a fazer uma piada do ocorrido, dizendo:

— Também, com a cara feia que aquele fujão possuía, o Eleutério acabou lhe fazendo um grande favor. Assim o diabo não ficará tão assustado quando se deparar com seu novo hóspede.

E os dois riram muito da pilhéria, comemorando o sucesso do plano com umas boas doses de aguardente.

Essas lembranças afloraram com bastante clareza aos sentidos de Teobaldo que, sentindo-se perseguido pelo fantasma do homem que sofrera tamanha injustiça, abriu a porta do escritório e saiu em disparada pelo corredor. O problema foi que, quanto mais corria, mais próximo de si a assombração se apresentava.

Completamente transtornado, sem atinar para o que fazia, o fazendeiro disparou até o estábulo, encontrando ali um cavalo que um dos empregados acabara de encilhar para alguma tarefa. Montou no animal e saiu a galope, tentando fugir para bem longe de seu perseguidor. Cavalgou até se aproximar, inconscientemente, de um despenhadeiro, onde puxou as rédeas e fez o animal estancar.

Porém, assim que o cavalo parou, ofegante e assustado, o fazendeiro percebeu algo às suas costas. Virou-se e se deparou com a terrível aparição à garupa da montaria. O rosto desfigurado, que agora ele não tinha dúvida ser de Porfírio, respirava com dificuldade bem próximo à sua nuca.

Em pânico, completamente esquecido do local perigoso em que se encontrava, Teobaldo esporeou o cavalo que, depois de muito relutar, acabou se projetando para o abismo.

Naquela noite ninguém entendeu o porquê do sumiço do fazendeiro, que não tinha o hábito de passar a noite fora de casa. No dia seguinte, a pedido de Adelaide, alguns empregados da fazenda fizeram uma busca pelos arredores e acabaram encontrando o corpo do patrão nos fundos do precipício, esmagado pelo peso do cavalo que caíra sobre ele. Ambos estavam mortos.

Capítulo 13

Consequências no além-túmulo

Os Espíritos vingativos perseguem, muitas vezes, com seu ódio, no além-túmulo, aqueles contra os quais guardam rancor.

ESE – Cap. 10 – item 6

A morte de Teobaldo se tornou um grande mistério. Uns diziam que fora um mero acidente; outros afirmavam que ele havia enlouquecido e açulado o cavalo para o despenhadeiro. Havia ainda os que falavam em suicídio, alegando que o fazendeiro não tinha superado a dor pela morte do filho e decidira se juntar ao rapaz no mundo dos mortos.

Entretanto, na senzala, os buchichos discretos dos escravos davam conta de que Teobaldo fora vítima das almas vingativas dos negros que morreram por sua culpa, tanto por excesso de trabalho, quanto pela impiedade das surras que levavam.

Por sua personalidade impositiva, Irene assumiu o comando da fazenda e a condição de desumanidade em que os escravos viviam só fez piorar. Ela era ainda mais cruel do que o pai e não media esforços em subjugar os negros que lhe pertenciam.

Porém essa situação não demorou muito a apresentar outro trágico final, pois logo a moça passou a ser assombrada pelas mesmas entidades que decretaram a queda de Teobaldo. Entretanto, ao contrário do pai, que tudo fizera para esconder o assédio espiritual que vinha sofrendo, Irene decidiu encarar os seus perseguidores e passou a protagonizar cenas intrigantes, que tanto podiam despertar a piedade quanto a zombaria de quem as assistisse.

A moça passou a viver de chicote em punho, tentando surrar os espectros que a perturbavam, gritando impropérios e mandando-os voltarem imediatamente ao inferno, de onde nunca deveriam ter saído.

Como ninguém conseguia enxergar nada, a não ser as estranhas atitudes da filha de Teobaldo, logo deduziram que ela havia enlouquecido. E a situação foi ficando cada vez mais grave. Irene passava tanto tempo ocupada tentando se livrar de seus perseguidores, que já não tinha sossego para se alimentar e deixou de dormir também, pois, quando estava em estado de vigília, o estranho fenômeno se intensificava.

Ela ficou extremamente magra a passou a se queixar de dores que lhe castigavam o corpo físico a ponto de deixar estranhas marcas na pele, semelhantes a vergões provocados por chibatadas.

— Esses malditos estão me torturando – ela gritava com os olhos esbugalhados e um ricto de ódio a demarcar-lhe o rosto descarnado.

Adelaide buscou, além das preces, todo o tipo de ajuda a que poderia recorrer para tirar a filha daquele abismo mental, que não era muito diferente do abismo topográfico no qual Teobaldo se atirara dois anos antes. Tudo em vão.

Irene teve uma morte terrível, dando a impressão de que fora devorada por uma doença cancerígena, muito embora nenhuma enfermidade física houvesse sido detectada em seu organismo.

Depois do enterro de seu corpo, à semelhança do que ocorrera a Teobaldo, muitos foram os comentários e as insinuações sobre o que poderia ter levado uma moça saudável a ter um fim tão trágico quanto estranho.

E novamente entre os moradores da senzala a explicação se fazia clara como a luz do dia:

— A sinhá Irene morreu de ruindade – diziam os escravos. — Foi levada para o inferno, onde vai pagar caro por todas as maldades que fez nesta vida.

Adelaide se viu sozinha e pôde finalmente colocar em prática o que sempre tivera vontade de fazer. Considerou a imensa quantidade de terras que possuía e todas aquelas riquezas, que jamais lhe enchera os olhos, e tomou uma importante e nobre atitude.

Com a ajuda de pessoas que pensavam como ela, e agindo de acordo com as leis vigentes à época, alforriou todos os escravos e deu a eles a liberdade de agir como bem quisessem.

Os que optaram por permanecer trabalhando na fazenda passaram a receber um salário e uma parte do que era produzido, para seu próprio sustento. Além disso, receberam também um pedaço de terra para construírem suas residências.

Houve uma grande transformação na propriedade, que perdeu a sua suntuosidade, mas se tornou um lugar imensamente melhor para se viver. Adelaide foi uma mulher muito amada e respeitada naquelas terras, que acabou se transformando em uma feliz colônia de negros libertos.

Essa transformação ocorreu também na dimensão espiritual da localidade, quando um grande contingente de Espíritos revoltados, presos à fazenda por laços de ódio e revolta, finalmente se libertaram, envolvidos pelos eflúvios de paz e alegria que passaram a reinar em sua atmosfera.

A benfeitora retornou ao plano espiritual aos noventa anos de idade, cercada por pessoas amigas, depois de um desencarne sereno e indolor. Durante o seu enterro, houve quem jurasse ter visto a alma da bondosa senhora ser amparada por anjos diáfanos, que a conduziram para o céu.

No plano espiritual, as condições de Teobaldo e Irene seguiam bastante complicadas. Perseguidos por seus desafetos, os dois não conseguiam obter sossego enquanto a obsessão dos Espíritos vingativos ia estreitando os laços de ódio que os prendiam.

De todos os inimigos angariados pelo fazendeiro, Porfírio era o mais contundente e não se furtava a nenhum meio de castigá-lo, uma vez que, vencido pela própria consciência culpada, Teobaldo se lhe tornara uma vítima fácil de ser subjugada.

Irene se via às voltas com o ódio de Rita, a jovem escrava que fora humilhada e submetida ao tratamento desumano que a levou à morte prematura, simplesmente para satisfazer o ego da sinhazinha mimada e orgulhosa da casa-grande.

Embora relutando com todas as forças, já que demonstrava uma personalidade mais aguda que a do pai e maior dificuldade para assumir os próprios erros, Irene não sofria menos nas garras de sua inimiga.

Quanto a Miguel, assim que retornara ao plano espiritual, vira-se atraído para uma região pantanosa e escura, onde encontrou Berenice atirada ao fundo de uma gruta, completamente desmemoriada e sem a menor vontade de recuperar a consciência. A decepção que tivera com o rapaz e o choque causado pela desonra e pela morte violenta a que fora submetida, provocavam-lhe aquela condição de apatia e ausência de discernimento. Os sentimentos inferiores que continuou cultivando depois do desencarne a impediram de receber a ajuda oferecida pelos benfeitores espirituais.

O que atraiu o rapaz mais intimamente para junto da moça foi o remorso que o assaltara quando ainda se encontrava encarnado, e que se ampliou bastante depois da desencarnação, uma vez que as barreiras físicas que separavam algoz e vítima deixaram de existir.

A primeira reação de Miguel ao se deparar com Berenice foi tentar ajudá-la, mas não sabia como fazê-lo. Ainda assim, desejou tirá-la daquele ambiente tenebroso. Pegou-a no colo e começou a andar de um lado para outro, em busca de uma saída, mas logo percebeu que estava tão perdido quanto ela, pois a única trilha a que tinha acesso não conduzia a parte alguma. Por mais que andasse, Miguel acabava sempre voltando ao ponto inicial.

Foi desse modo que Adelaide os encontrou na dimensão espiritual. Cada qual sofrendo as consequências de seus equívocos, assim como experimentando também o efeito do sofrimento de suas vítimas.

Rogando auxílio aos bons Espíritos, conseguiu, por merecimento próprio, que os entes queridos obtivessem, em um espaço de tempo relativamente mais rápido, a sagrada bênção da reencarnação, quando teriam a oportunidade de expiar suas faltas e reiniciar o processo de educação moral, no qual haviam sido relapsos na experiência anterior.

Para assisti-los mais de perto, Adelaide se propôs repetir a função de esposa de Teobaldo e genitora de Miguel e Irene, sabendo, entretanto, da difícil condição para o cumprimento de seu papel: teria uma vida de sacrifícios e privações ao lado dos três, já que essas circunstâncias tão adversas eram uma prova imposta aos Espíritos reencarnantes com os quais estaria vinculada por laços afetivos e consanguíneos.

Porém esse desafio em momento algum a fez desanimar. Ligada àquelas almas desde remotas eras, Adelaide tinha consciência de que no passado equivocara-se tanto quanto elas.

Aliás, em alguns momentos, chegara mesmo a incentivá-las a proceder de modo equivocado.

O sofrimento experimentado em reencarnações pretéritas havia burilado a sua consciência, trazendo-lhe amadurecimento, humildade, tolerância, fé em Deus e desapego aos bens materiais, mas ela sabia que o tempo de despertamento para os três estava demorando um pouco mais a chegar. Por isso era necessário ter paciência e perseverança para elevá-los ao nível consciencial em que ela própria se encontrava.

SEGUNDA PARTE

Capítulo 14

Caridade em ação

Deveis esforçar-vos por abrandar a expiação dos vossos semelhantes, de acordo com a lei de amor e caridade.
ESE – Cap. 5 – item 27

Ali, na quietude daquele Centro Espírita, eu não apenas ouvi a história narrada por Adelaide, mas assisti às imagens que eram projetadas em meu campo mental, razão pela qual fiquei bastante impressionado com tudo aquilo.

Àquelas alturas, Irene estava acordando. Sentou-se no sofá e, depois de espreguiçar, passou a olhar ao redor, curiosa e um pouco assustada. Percebendo-lhe a atitude de estranheza, Afrânio fechou o livro de estudos, levantou-se e caminhou vagarosamente em direção a ela.

Ao vê-lo, a menina se sobressaltou e, jogando para o lado o paletó que a cobria, ameaçou sair correndo.

— Acalme-se, filha! Está tudo bem – disse com voz amorosa o dirigente da instituição. — Você não precisa fugir.

Ainda sem entender o que estava acontecendo, Irene ficou em dúvida se corria ou não.

— Você está com fome? – Afrânio perguntou. — Quer comer alguma coisa?

A pergunta provocou uma reação mais positiva na menina, que acenou afirmativamente com a cabeça, muito embora se mantivesse cabisbaixa, sem encarar o bondoso homem.

— Espere só um momentinho – ele disse. — Eu já volto.

Afrânio foi até o cômodo onde guardava os alimentos e voltou com um pacote de biscoitos e uma maçã.

— Como se chama? – ele perguntou entregando-lhe os alimentos.

— Irene – a menina respondeu mordendo a maçã e enfiando na boca três biscoitos de uma só vez.

— Você mora perto daqui, Irene?

— Sim. Lá embaixo.

Ela apontou com o queixo a direção em que o viaduto ficava, já que suas mãos estavam ocupadas.

Afrânio esperou que ela saciasse a fome e voltou a inquirir com voz terna:

— Você mora na rua?

— Sim... Quer dizer, moro embaixo do viaduto.

— E quem mora com você?

— Agora só o meu pai e o meu irmão, porque a minha mãe morreu...

Ainda de cabeça baixa, espanando com as mãos as migalhas de biscoito que lhe caíram no vestidinho roto, ela perguntou:

— Posso ir agora?

Afrânio sorriu meigamente.

— Sim, é claro! Mas você não quer comer mais?

Ela moveu a cabeça negando e caminhou apressadamente até a porta.

— Volte sempre que quiser, minha filha. Ah, e traga também o seu pai e o seu irmão. Todos serão bem-vindos aqui.

Se quiserem, poderão tomar banho e vestir roupas limpas que recebemos como doação. Temos um trabalho assistencial aqui aos sábados pela manhã e...

Sem dar a Afrânio a chance de terminar o que dizia, Irene saiu correndo em direção ao viaduto.

Acompanhamos o retorno da menina ao barraco improvisado, onde Teobaldo e Miguel estavam apreensivos devido ao sumiço dela. Um pouco antes, o irmão fora acordá-la e encontrara a portinhola escancarada e o barraco vazio. Preocupado, correu para avisar o pai. Teobaldo, não menos agoniado, decidiu ver o que estava acontecendo.

Fazia alguns minutos que os dois ali estavam sem saber por onde começar a procurar a menina, quando a viram se aproximar. Teobaldo, um pouco mais aliviado, correu ao encontro da filha, perguntando:

— O que aconteceu, Irene? Você está bem?

Ela acenou bem forte com a cabeça e respondeu:

— Agora estou bem, papai. Ganhei até comida!

— Mas o que houve? Por que você não esperou o seu irmão vir lhe chamar? Quem lhe deu comida?

— Eu acordei assustada com um sonho ruim que tive e resolvi procurar vocês, mas me perdi. Então encontrei um homem bonzinho que me deu comida e disse que, se o senhor quiser, pode ir lá e levar o Miguel também. Falou que podemos tomar banho e vestir roupas limpas.

Deu para notar que Irene não havia percebido a gravidade da situação que vivenciara quando, hipnotizada pelo Espírito vingativo, estivera muito próximo de cometer suicídio.

Na verdade, ela fora tão envolvida naquele processo obsessivo e agira de tal forma inconsciente, que não conseguia distinguir o sonho da realidade.

Teobaldo pensou por uns segundos até perguntar:

— Como é esse homem que lhe deu comida? Onde ele estava?

— É um senhor magrinho, de cabelos brancos... Ele estava numa casa estranha que fica naquela direção – disse apontando com o indicador.

— Ele falou o nome?

— Sim, mas eu não me lembro.

— Por acaso, é Afrânio?

— Isso mesmo, pai. O senhor o conhece?

— Não, mas um dia eu o vi de longe. Quem conversava muito com ele era a sua mãe. Ela também me chamou para ir lá, mas eu não quis, porque fiquei meio cismado – aproximou-se da filha e falou fazendo uma careta engraçada: — Aquela não é uma casa comum, é um Centro Espírita.

A menina se benzeu.

— Credo! Quer dizer que tem Espíritos lá?

— A sua mãe dizia que sim.

— E ela não tinha medo?

— Não. Adelaide era uma mulher muito corajosa e não tinha medo de nada. Sabe, filha, uma vez ela...

E os dois continuaram conversando, enquanto seguiam para a rua puxando a pesada carroça, a fim de retomarem o trabalho interrompido.

Olhei para Adelaide e vi que ela estava emocionada por ter ouvido os elogios que Teobaldo lhe fizera.

— Então você já conhecia o Afrânio? – perguntei.

— Sim – ela respondeu com uma boa dose de comoção na voz. — O seu Afrânio foi uma pessoa muito importante para mim. Lembra-se de eu ter dito que li alguns livros de sua autoria?

Acenei positivamente.

— Foi ele que me emprestou. Aliás, o seu Afrânio foi uma das poucas pessoas que me trataram com dignidade, apesar de eu estar vivendo em situação de rua e de me encontrar bastante doente, desleixada...

E Adelaide contou que procurara abrigo no Centro Espírita num dia em que estava sentindo uma dor de cabeça terrível.

— Não havia dinheiro para comprar remédio e eu também não tinha coragem de pedir esmolas. Meu marido e meus filhos estavam ausentes, em suas andanças em busca de objetos de valor nas lixeiras. Minha cabeça doía tanto, que eu saí desnorteada em busca de ajuda, muito embora sem saber onde e como encontrá-la. Assim como aconteceu com Irene, nesta manhã, eu fui praticamente conduzida ao Centro Espírita. Seu Afrânio estava abrindo as portas e, assim que me viu, perguntou se podia me ajudar.

Adelaide disse que contou a ele sobre a dor de cabeça e foi convidada a entrar e sentar-se naquele mesmo sofazinho surrado que há anos estava ali. Alguns segundos depois de encaminhar-se para os fundos da instituição, o homem voltou com um copo com água e disse para ela beber.

— Mas isso aqui é só água – Adelaide falou. — O senhor não teria um comprimido aí?

Afrânio sorriu ao responder:

— Isso aí não é só água, moça. É água fluidificada. Tem medicamento espiritual aí. Beba e ficará curada.

Adelaide não entendeu nada, mas confiou nas palavras do homem e tomou a água. A dor de cabeça desapareceu como por encanto.

— Naquele dia começou a minha amizade com o seu Afrânio – ela disse. — Andei frequentando a instituição, inclusive aos sábados de manhã, quando eram oferecidos alimentos, banho e roupa limpa aos moradores em situação de rua. Cansei de chamar o Teobaldo para ir comigo, mas ele, além de não aceitar o convite, ainda me proibia de levar as crianças, dizendo que não precisava da piedade de ninguém.

— O orgulho do velho fazendeiro se manifestando na natureza íntima do homem miserável da atual encarnação – observei.

— Infelizmente foi isso mesmo, embora essas manifestações não tenham ocorrido com tanta frequência, nem de modo a comprometer a postura de Teobaldo na atual encarnação – Adelaide falou. — Principalmente agora, não sei se por causa da minha morte física, percebo o Teobaldo ainda mais ponderado em suas ações. Acho que a prova do sofrimento tem gerado nele efeitos cada vez mais positivos.

E ela contou ter recebido, em suas conversas com Afrânio, muitas orientações a respeito das leis divinas que regem o universo e sob as quais todos estão sujeitos. Foi quando obteve uma tênue explicação sobre o motivo de todas as agruras que enfrentara no período em que esteve reencarnada.

— Depois de deixar o corpo físico, pude confirmar que os sofrimentos enfrentados estavam intimamente ligados às experiências corretivas dos Espíritos que eu decidira ajudar, voltando a ter com eles uma estreita relação parental. Foi a cota de sacrifício que fiz para estar ao lado deles e contribuir de alguma forma para que o processo expiatório se realizasse.

— Que sofrimentos foram esses, minha amiga? – perguntei ao mesmo tempo compadecido e admirado pelo gesto de nobreza daquele abnegado Espírito.

E Adelaide me contou os pormenores de tudo que havia enfrentado.

Capítulo 15

Amargas experiências

Neste mundo, por mais que faça, cada um tem a sua parte de labor e de miséria, sua cota de sofrimentos e de decepções.

ESE – Cap. 5 – item 20

Adelaide nasceu em um bairro pobre da capital paulista. O pai, depois de perder o emprego em uma empresa de transporte público, alugou um sobrado de dois andares na esquina de movimentada rua e se tornou um comerciante de relativo sucesso.

A família residia no pavimento superior e explorava uma loja de variedades no andar térreo. Com o crescimento demográfico da região, a loja se tornou uma ótima fonte de renda, legando ao dedicado proprietário uma vida confortável.

Filha única, Adelaide nasceu e viveu até os dezoito anos naquela casa. Sua mãe era tão trabalhadora quanto o marido e o ajudava na administração do comércio. Além disso, ambos eram bastante carinhosos para com a filha, de modo que a moça foi criada num ambiente saudável e acolhedor.

Tudo estava indo muito bem, até um dia em que, ao fim do expediente, a loja foi invadida por quatro criminosos armados que anunciaram um assalto. O pai de Adelaide já estava acostumado àquelas ocorrências, pois não era a primeira vez que era assaltado. Entretanto, naquela noite as coisas foram bem mais graves do que nas anteriores.

Ocorre que mesmo depois de pegarem todo o dinheiro do caixa e vários objetos de valores, um dos assaltantes, visivelmente drogado, cismou que o comerciante não estava entregando tudo que possuía e começou a socá-lo. Ao ver o marido sendo agredido, a mulher começou a gritar por socorro e também acabou levando um soco no rosto.

Nesse momento, em um gesto bem rápido, o pai de Adelaide conseguiu apanhar uma pesada barra de ferro que era usada para fechar a porta de aço e desferiu um golpe na cabeça do agressor. Desnorteado, com a cabeça sangrando muito, o bandido precisou se apoiar no balcão para não cair.

Vendo que situação estava fugindo ao controle, os comparsas começaram a deixar a loja, preocupados com o desfecho daquela confusão. O bandido que estava ferido foi o último a sair, mas, antes de ir embora, desferiu dois tiros no peito do comerciante.

Ao vê-lo caído, esvaindo-se em sangue, a esposa se jogou sobre seu corpo, gritando desesperada. Isso fez que o assaltante voltasse e, possivelmente para fazê-la calar-se, desferiu um disparo na nuca da mulher, que teve morte imediata.

Quando a polícia chegou ao local, encontrou o pai de Adelaide ainda vivo. Foi chorando muito que ele contou o que havia acontecido e algumas horas mais tarde, submetido a um procedimento cirúrgico de emergência, não resistiu aos ferimentos e faleceu.

A partir desse traumático episódio, a vida de Adelaide virou de pernas para o alto. Além de perder os pais de forma tão abrupta e violenta, aos dezesseis anos de idade, perdeu também o amparo familiar com que sempre contara desde o nascimento.

O único parente com quem ela tinha contato, era uma tia, irmã de sua mãe, que morava no Rio de Janeiro. Essa tia era casada com um sujeito que se mostrou bastante solidário com a triste situação da sobrinha e se ofereceu para ajudar até que a menina se tornasse maior de idade.

Sem alternativas, Adelaide aceitou a oferta: os tios se mudariam para São Paulo e ocupariam o lugar dos pais dela, tanto no comércio quanto na direção da casa, até que a moça pudesse assumir responsabilidade sobre tudo.

Mas logo a situação se mostrou bastante complicada. Adelaide acabou se tornando babá de dois priminhos na faixa de três e quatro anos de idade, além de ter que cuidar da limpeza da casa, pois a tia era relaxada e preguiçosa. O tio, que não tinha a menor vocação para o comércio, passou a sofrer grandes prejuízos na loja, contraindo muitas dívidas. Além disso, o casal brigava o tempo todo.

Quando a crise financeira atingiu o ápice, alguns móveis e utensílios foram vendidos para aplacar a ira dos credores e a partir daí não parou mais. Tudo o que havia de valor na residência e na loja foi negociado. Dois anos depois da morte dos pais de Adelaide, os tios sofreram uma ação de despejo por falta de pagamento de aluguel, tanto da residência quanto do comércio.

Sem condições de se manter em São Paulo, o casal tentou convencê-la a ir para o Rio de Janeiro, mas prevendo que teria uma vida muito complicada ao lado daquela família, Adelaide optou por procurar emprego e tocar a vida por conta própria. Um dia, viu um anúncio em um tabloide que era distribuído nas estações do metrô:

"Precisa-se de moça responsável e asseada para acompanhar e cuidar de idosa cadeirante em tempo integral. Oferece-se, além do salário, moradia e alimentação."

De posse do endereço, Adelaide se dirigiu para lá imediatamente. No caminho, rezava para que a vaga não houvesse sido preenchida ainda.

Tratava-se de um condomínio com meia dúzia de prédios, em um bairro de classe média alta da cidade. Adelaide foi anunciada ao interfone e recebeu autorização para ir até o apartamento onde foi recebida por uma mulher de meia-idade, que lhe disse:

— Olha, moça, moramos apenas eu e minha mãe aqui. Ela tem noventa anos, é cadeirante e toma vários medicamentos. Eu sou advogada, trabalho o dia todo e preciso de alguém que não apenas faça companhia a ela, mas que a ajude em tudo que for necessário; inclusive a banhar-se, alimentar-se e tomar sol no pátio do condomínio.

Conversando de modo bastante natural e sincero, Adelaide acabou conquistando a confiança da advogada, que decidiu empregá-la. Assim, passou a morar naquele apartamento, onde ocupava uma cama que fora instalada no mesmo quarto da idosa e teve destinada para si uma parte do guarda-roupa, para acomodar as poucas peças de vestuário que possuía e que levara consigo em uma velha mochila.

Dona Glória era uma pessoa inteligente e comunicativa. Às vezes tinha uns lapsos de memória e alguns momentos de confusão mental, mas na maior parte do tempo estava lúcida e gostava muito de comentar sobre o seu passado, o casamento com um militar de alta patente, o nascimento da filha, as viagens que fizera ao exterior, a viuvez...

Ela repetia sempre as mesmas histórias, mas cada vez que retomava o assunto, acrescentava um detalhe ou outro que havia esquecido na narrativa anterior.

— Já lhe contei de quando eu e meu marido fizemos um cruzeiro à Europa?

As histórias começavam sempre desse modo. Adelaide, com um sorriso terno e paciente, respondia:

— Já sim, dona Glória, mas eu gostaria de ouvir de novo.

E a idosa, aprumando o corpo em sua cadeira de rodas, viajava naquelas narrativas que quase sempre a deixava com os olhos marejados de saudade. Depois, perguntava:

— E você, minha filha? Não tem aí umas boas histórias para me contar?

Adelaide sorria desanimada ao responder:

— Nada que valha a pena, dona Glória. Minha vida não tem graça alguma.

Um dia, percebendo um ar de tristeza em Adelaide, a idosa perguntou:

— Como pode uma moça tão jovem ser tão triste? Esse semblante pesaroso não combina com você.

Adelaide, percebendo o sincero sentimento de compaixão daquela senhora, finalmente abriu o coração, falou sobre o seu passado e terminou dizendo:

— Hoje faz três anos que meus pais foram mortos covardemente por um assaltante – e, com o olhar impregnado de revolta, completou: — O que eu mais lamento é saber que o assassino deles continua impune, talvez até matando outras pessoas por aí.

A mulher voltou a olhá-la piedosamente, segurou na mão da jovem e disse:

— Infelizmente não há como trazer os seus pais de volta, minha filha. Mas, se lhe serve de consolo, acredite, nenhum criminoso fica impune. Mais cedo ou mais tarde, todos os crimes precisam ser resgatados.

Adelaide deu um profundo suspiro.

— A senhora quer dizer, no inferno, não é?

— Não mesmo. Nada disso. Crime cometido na Terra é pago aqui mesmo.

A moça ficou pensativa por um tempo, tentando decifrar o que a idosa queria dizer com aquelas palavras. Por um lado, a ideia lhe parecia descabida, mas, por outro, perfeitamente aceitável. Ela não sabia de onde vinha aquele pensamento, mas alguma coisa em seu íntimo dizia que dona Glória estava certa.

— É... Algo me diz que a senhora tem razão – respondeu por fim. — E eu acredito que Deus não permite que os crimes fiquem impunes, mas não consigo entender como é que essa tal justiça divina funciona. Às vezes me parece que ela simplesmente não existe; que o mundo é um barco à deriva singrando sem um condutor...

— Não diga isso, mocinha! – a idosa falou com seriedade. — Eu já frequentei muitas casas religiosas e cada uma explica o funcionamento das leis de Deus de uma forma diferente, mas no fundo é tudo a mesma coisa.

Fez uma pausa olhando fundo nos olhos de Adelaide antes de prosseguir:

— Deus é amoroso, mas é justo também. Jamais iria permitir que os injustos triunfassem sem quitar seus débitos, pois, se não for assim, eles não aprenderão nunca. A punição ao mal praticado não serve apenas para compensar a vítima; é também uma forma de resgatar o criminoso, de conduzi-lo ao arrependimento e à transformação moral.

A moça moveu a cabeça levemente em sinal de concordância e dona Glória finalizou:

— O mais importante é não perder a fé, minha filha! Sem fé, não há esperança e, sem esperança, a vida se torna um fardo insuportável.

E a idosa passou a conversar sobre assuntos espirituais, reinserindo no subconsciente da mulher religiosa que Adelaide fora na vida passada os conceitos básicos das leis universais e da infalibilidade da justiça divina.

A portaria do condomínio onde Adelaide trabalhava era monitorada por três porteiros em turnos diferentes de trabalho. Teobaldo era o funcionário do período da manhã; um rapaz introspectivo, calado, mas que se portava de modo muito educado com a cuidadora de dona Glória e acabou conquistando o coração da jovem, que viu nele algo especial.

Tratava-se do reencontro de almas programado no plano espiritual e que permitiria a convivência familiar entre os mesmos quatro Espíritos que, no século dezenove, foram proprietários da suntuosa fazenda escravagista.

No decorrer do tempo, surgiu um clima de flerte entre Adelaide e o porteiro do condomínio. Um dia Teobaldo a convidou para irem ao cinema. Depois de assistirem ao filme, foram a uma lanchonete, tomaram sorvete e conversaram bastante, descobrindo que havia vários pontos em comum em suas vidas.

Assim como a moça, Teobaldo também praticamente não tinha parentes e vivia em um pensionato para rapazes. Naquela mesma noite firmaram namoro e desenvolveram fortes laços afetivos.

Quando completaram seis meses de relacionamento, Teobaldo disse que estava pensando em alugar uma casinha e comprar uns móveis para que os dois pudessem morar juntos.

— Seria ótimo – Adelaide respondeu –, mas eu tenho pena de deixar a dona Glória sozinha. Sinto um carinho especial por ela...

— Ora, a filha de Dona Glória que arrume outra cuidadora – falou Teobaldo demonstrando certa impaciência.

— Mas e o meu salário? Eu preciso dele para viver...

— Se tivermos uma vida modesta, o que eu ganho dá para nós dois. Não haverá necessidade de você trabalhar.

A namorada não lhe deu uma resposta definitiva. Disse apenas que iria pensar no caso. Entretanto, ainda assim, Teobaldo colocou em prática o que havia planejado. Alugou uma pequena casa na periferia e a mobiliou da melhor forma que conseguiu.

Algum tempo depois, dona Glória adoeceu gravemente e precisou ser internada em um hospital. Depois de uma semana de internação, veio a óbito. No dia seguinte ao enterro de seu corpo, a advogada dispensou Adelaide.

— Sinto muito, mas eu não vou mais precisar dos seus préstimos – disse a empregadora. — Possivelmente vou vender este apartamento e me mudar para mais perto do lugar onde eu trabalho.

Foi desse modo que Adelaide passou a viver junto com Teobaldo na casinha humilde e aconchegante que ele havia alugado. Nesse período a vida foi relativamente tranquila para os dois.

Capítulo 16

Recriando vínculos

Ah! Meus amigos, se conhecêsseis todos os laços que prendem a vossa vida atual às vossas existências anteriores.

ESE – Cap. 13 – item 19

Um ano depois de o casal passar a viver junto, Adelaide deu à luz o filho Miguel, que nasceu com algumas deficiências congênitas, mas que eram praticamente imperceptíveis. O que se tornava mais visível, à medida que ele crescia, era a dificuldade para abrir as mãos e os movimentos involuntários do pescoço, fazendo parecer que não suportava o peso da cabeça.

Dois anos mais tarde nasceu Irene, após uma gestação complicada, que quase levou sua mãe a óbito durante o parto. Depois desse episódio, a saúde de Adelaide ficou bastante comprometida em decorrência de uma hemorragia uterina crônica, que a tornou anêmica e que só fez piorar com o passar do tempo.

Embora tivesse boa saúde física, Irene também apresentava algumas anomalias, porém no campo emocional. Era uma menina chorona e que se descontrolava com facilidade, apresentando um comportamento instável e irritadiço. Às vezes, sem nenhuma razão aparente, assustava-se parecendo ter visto algo pavoroso, e começava a gritar. Pouco tempo depois voltava à normalidade, como se nada tivesse acontecido.

Para complicar ainda mais a condição de vida da família, um dia, bandidos armados, disfarçados de entregadores de móveis, renderam Teobaldo na portaria do condomínio, anunciaram um assalto e roubaram vários apartamentos.

Agindo de forma violenta, chegaram a agredir alguns moradores, mas não fizeram nada contra o porteiro e este fato levantou a suspeita de que Teobaldo teria facilitado a ação dos criminosos.

Sob a desconfiança de ter sido cúmplice dos ladrões, o marido de Adelaide foi investigado pela polícia, que não conseguiu comprovar a acusação, porém os moradores do condomínio já não confiavam nele.

Dentre as pessoas que o acusavam de cumplicidade no assalto, a mais exaltada era a síndica, uma mulher grosseira e presunçosa que trazia a alma carregada de rancores e que tinha sobre os subordinados um olhar discriminador. Para ela, não havia a menor dúvida de que o porteiro era culpado e deveria passar uma longa temporada na prisão.

Ocorre que, devidamente sintonizado com as projeções mentais da síndica, e protegido pela invisibilidade física, Porfírio passara a interagir com ela, inserindo em seus pensamentos a certeza da conduta criminosa de Teobaldo.

"Este sujeito não é digno de confiança", dizia ele em uma linguagem que se infiltrava com facilidade no psiquismo da mulher em função dos sentimentos inferiores que os estreitavam em laços de afinidade. "Um homem frustrado pela pobreza, convivendo com pessoas bem-sucedidas, certamente sente inveja e despeito. Por isso decidiu se unir ao bando que os assaltou e agrediu". E o ex-escravo desencarnado instigava as convicções condenatórias da síndica, destilando todo o seu veneno contra o antigo fazendeiro: "Mande-o para a cadeia, que é lugar de bandidos! Faça justiça em favor de suas vítimas".

Teobaldo não chegou a ser preso, mas andou frequentando a delegacia de polícia em inúmeros depoimentos a que foi intimado. Além disso, foi demitido e estranhamente não conseguiu novo emprego em sua função.

Preocupado, antes que o dinheiro da indenização trabalhista acabasse, comprou um casebre em uma área ocupada irregularmente, às margens de um córrego que transbordava quando chovia forte. O lugar era perigoso e a transação fora arriscada, já que o imóvel não possuía documentação, mas era o que as suas economias permitiam comprar para se livrar do compromisso de pagar aluguel mensalmente, o que poderia se tornar inviável com o tempo.

Sem conseguir novo emprego, o ex-fazendeiro passou a viver de biscates cavando sustento na região central da cidade, em diversos tipos de atividades. Às vezes voltava para casa com uma quantia razoável, mas isso não era tão corriqueiro e as dificuldades só faziam aumentar.

Houve um período de verão bastante chuvoso. Um temporal violento, que caiu ininterruptamente durante três dias na capital paulista, provocou uma enchente que destruiu todas as casas do terreno invadido. O casebre onde Teobaldo vivia com a família foi arrastado junto aos escombros, juntamente com a mobília que tinham conseguido adquirir até então.

O desespero tomou conta dos integrantes da infeliz família, cuja vida já era por si só bastante complicada. Tempos depois, a tentativa de reconstruir o casebre no mesmo lugar foi frustrada, pois as autoridades públicas, movidas pela repercussão negativa da tragédia, interditaram o terreno que passou a ser vigiado diuturnamente, a fim de evitar novas ocupações.

Questionados sobre a destinação das pessoas que foram afetadas pela enchente, os homens públicos prometeram ampará-las, oferecendo um determinado valor a ser pago mensalmente para que todos pudessem alugar um imóvel até serem transferidos para um conjunto de casas populares que seria construído pelo governo.

Porém, na hora de fazer o cadastramento para receber o tal benefício, havia tanta exigência burocrática, que a tarefa acabou inviabilizada para a grande maioria das famílias desabrigadas. Teobaldo foi um dos que não conseguiram o amparo prometido e, mesmo os poucos que lograram êxito logo se frustraram, pois a ajuda prometida se extinguiu em pouquíssimo tempo e o tal conjunto de casas populares, para onde seriam transferidos, jamais se concretizou.

Buscando apoio junto a alguns conhecidos que residiam em antigos prédios abandonados, Teobaldo conseguiu instalar a esposa e os filhos num canto da garagem de um edifício que fora ocupado por pessoas que se diziam integradas a um movimento social de habitação, em favor da chamada população dos sem-teto.

Entretanto, embora existissem mobilizações bem organizadas e até mesmo orientadas por instituições filantrópicas, com a finalidade de amenizar os problemas enfrentados por quem vive em situação de rua, sem condições de adquirir ou até mesmo de alugar um imóvel, Teobaldo acabou caindo em uma verdadeira armadilha.

No lugar onde fora viver não havia organização alguma e a ocupação era explorada por gente inescrupulosa, cujo objetivo era levar vantagens sobre a desgraça alheia. Assim, mesmo vivendo em situação bastante desfavorável, tendo de dividir um pequeno espaço com uma grande quantidade de moradores, sendo alguns deles portadores de vícios e de comportamentos antissociais, os que se diziam administradores do prédio exigiam pagamentos semanais de uma taxa que o ex-fazendeiro tinha dificuldade em conseguir.

Com a falta de pagamento do valor estipulado, logo a família começou a ser pressionada para desocupar o lugar. Um sujeito agressivo, que estava constantemente bêbado e sob efeito de drogas, era o cobrador oficial daquele cortiço desumano e não media esforços no sentido de pressionar os devedores.

Um dia, depois de ameaçar jogar Teobaldo e seus familiares na sarjeta, ouviu do infeliz pai de família um lamentoso pedido de tolerância:

— Tenha mais um pouco de paciência conosco – implorou o marido de Adelaide. — Em mais dois ou três dias, eu arranjo o dinheiro e quitamos tudo.

— Paciência? – gritou o outro cheio de cólera, com seu hálito impregnado de álcool. — Ao diabo com sua choradeira. Ou paga agora ou some daqui de uma vez por todas.

— Mas eu não tenho para onde ir – insistiu Teobaldo. — Minha esposa está muito doente, meus filhos são ainda pequenos...

O beberrão não o deixou terminar a frase. Agarrou-o pelo pescoço e grunhiu com mais ódio:

— Além de miserável, você é um covarde chorão e eu não vou tolerar isso, ouviu? Não pense que suas lamentações irão me comover. Aqui a lei é igual para todos: quem paga, fica; quem não paga, desaparece das minhas vistas.

O que nenhum dos dois sabia, já que não possuíam visão mediúnica, era que o sujeito que tratava Teobaldo com tanta agressividade encontrava-se completamente envolvido pelos sentimentos rancorosos de Porfírio, que conseguira mais uma vez, sem qualquer dificuldade, invadir-lhe os pensamentos e convencê-lo de estar à frente de um charlatão desprezível.

O inimigo invisível voltava a atacar, influenciando mais uma pessoa que detinha poder sobre Teobaldo, fazendo-o experimentar a mesma sensação de fraqueza e impotência que tantas vezes fora experimentada por seus subalternos na encarnação passada.

"Este maldito está lhe enganando", assoprara o ex-escravo aos ouvidos do inflexível cobrador. "Ele tem dinheiro sim, mas não quer pagar porque pensa que você é idiota. Mande-o embora. Expulse-o daqui com aqueles molambentos que o acompanham".

A acirrada discussão ocorrera de modo particular, em uma pequena sala improvisada embaixo dos degraus da escada que ligava a garagem subterrânea ao piso térreo, e que era usada como posto de administração do cortiço.

— Você tem um dia para trazer o dinheiro ou sumir da minha frente – sentenciou por fim o bêbado, erguendo a camisa intencionalmente para que Teobaldo visse o revólver municiado que trazia preso à cintura. — Se não pagar nem desaparecer daqui, eu mesmo dou um jeito de lhe arranjar destinação.

E essa frase foi seguida de uma estrondosa gargalhada que repercutiu na dimensão espiritual daquele antro, onde Porfírio – a revoltada vítima do passado – se divertia com a humilhação imposta ao antigo fazendeiro escravagista.

Ocorre que, exaurido pelo sofrimento vivenciado em regiões de suplício criadas por sua consciência culpada, e bastante arrependido pelas faltas cometidas em sua última experiência no plano material, Teobaldo, quando se encontrava ainda na erraticidade prometera se esforçar para ter uma postura diferente em sua nova reencarnação.

Uma das coisas que mais o afligia era ver o sofrimento dos filhos, sem poder ajudá-los. Por isso, enfrentando agora as situações humilhantes a que era submetido, esforçava-se para aquietar a natureza orgulhosa e intempestiva do poderoso fazendeiro – que às vezes ameaçava aflorar de suas entranhas – e submeter-se àquelas amargas provações. Tarefa difícil e dolorosa, mas que ele andava cumprindo heroicamente.

Sem conseguir o dinheiro exigido para se manter na garagem do edifício, a saída que Teobaldo encontrou foi improvisar o barraco embaixo do viaduto, para onde levou Adelaide e os filhos. Desse modo, pôde se instalar sem maiores transtornos, apesar das condições adversas que teria de enfrentar junto de seus entes queridos.

A iniciativa seria, segundo o chefe daquela infeliz família, por um curto período de tempo, até que ele conseguisse reunir umas economias para comprar outra casinha. Certamente teria de ser nas mesmas condições da primeira, ou seja, em uma área ilegalmente ocupada, mas que ao menos não ficasse em um lugar tão perigoso quanto o anterior.

Depois de onze meses vivendo naquelas condições infortunadas, a doença de Adelaide agravou e ela desencarnou dormindo, em uma noite morna de céu estrelado. Sua morte provocou grande sofrimento ao esposo e aos filhos, que deixaram de contar com a presença física daquela bondosa alma e choraram muito enquanto, em um processo complicado e humilhante, providenciavam o enterro do corpo por meio de uma ação social, já que não tinham como arcar com as despesas do serviço funerário.

— Apesar de tudo, minha passagem da dimensão material para a espiritual foi bastante tranquila – Adelaide me disse. — Naquela noite, dormi com muitas dores, mas aos poucos elas foram se abrandando até sumirem por completo. Em meio à sonolência que me envolveu, senti mãos suaves libertando-me das amarras fluídicas que me prendiam ao corpo físico e reencontrei pessoas queridas que me aguardavam deste lado. Mais tarde fui amparada e orientada sobre todas as ocorrências que antecederam meu desencarne. Então pedi permissão para continuar ajudando os familiares que permaneceram no plano terreno e fui atendida, com a condição apenas de que eu me preparasse melhor para essa tarefa.

O retorno de Adelaide ao plano espiritual ocorreu sem maiores transtornos e o período de readaptação à pátria de origem foi relativamente rápido, porque ela não possuía débitos conscienciais desde a encarnação anterior. Assim, em pouco tempo estava inteirada sobre a situação dos familiares deixados na dimensão da matéria e, sem os liames impeditivos que dificultam as ações dos Espíritos endividados, pôde se locomover livremente com o objetivo de ajudá-los.

O Centro Espírita dirigido por Afrânio passou a funcionar como um posto avançado, oferecendo o suporte mediúnico necessário para as suas ações de caridade em favor dos encarnados e dos desencarnados com quem mantinha estreitos vínculos afetivos.

Capítulo 17

O convite

O mal não é uma necessidade fatal para ninguém e não parece irresistível senão àqueles que a ele se abandonam com satisfação.
ESE – Cap. 28 – item 3 – Prece VI

Eu estava ao lado de Adelaide quando ocorreu o reencontro entre ela e Rita, naquele mesmo dia em que Porfírio tentara induzir Irene ao suicídio. A impressão que tive foi a de que a jovem escrava desencarnada não aprovou o comportamento de seu companheiro de artimanhas e chegou mesmo a temer que a filha de Teobaldo acabasse cometendo suicídio.

Porém, apesar de contrariada com a atitude de Porfírio, a menina não pôde fazer nada para impedi-lo, mas ficou claro que o ódio cultivado ao longo dos tempos em seu coração já não lhe era algo tão impositivo. Na verdade, Ritinha não era um Espírito endurecido no mal. Sua personalidade retratava uma natureza mais leviana do que ruim. Tanto é que se sentia satisfeita e se divertia apenas no ato de perturbar o sono de Irene e por isso não impunha sobre ela uma perseguição mais incisiva.

Por outro lado, cada vez mais obcecado pelo desejo de vingança contra Teobaldo, Porfírio viu no assédio à Irene um modo de fazê-lo começar a pagar o que lhe devia. Seu plano era induzir a menina à morte, o que provocaria grande sofrimento em seu genitor.

Depois de um estratégico período de trégua, quando a dor de Teobaldo começasse a se abrandar pela morte da filha, ele faria o mesmo a Miguel, convencendo o rapazinho a se matar e reproduzindo assim a dor no coração daquele homem que, apesar das más atitudes cometidas no passado, demonstrava extremado apego a seus filhos.

Somente após essas cruéis investidas, o ex-escravo desencarnado iria elaborar outros meios de atormentar ainda mais a vida de seu inimigo, até destruí-lo de uma vez por todas, induzindo-o também ao suicídio e voltando a subjugá-lo na região trevosa da dimensão espiritual onde se encontrava chafurdado no lodaçal inóspito criado a partir de suas próprias projeções mentais de ódio e revolta.

Ao deparar-se com Adelaide, Rita demonstrou grande surpresa. Levou as duas mãos ao peito e, com os olhos estatelados de espanto e emoção, exclamou:

— Ah, minha sinhá! O que a senhora está fazendo aqui? Veio me visitar na senzala?

Adelaide sorriu com bondade e respondeu:

— Isso mesmo, Ritinha. Vim lhe fazer uma visita.

— Mas a senhora não pode vir aqui. Essa gente ruim vai lhe fazer maldades...

— Gente ruim? Não vejo ninguém ruim por aqui – Adelaide falou com os braços abertos e as mãos espalmadas para cima.

Rita se aproximou e falou em voz baixa, circundando o ambiente com os olhos muito abertos:

— Eles não estão aqui agora, sinhá, mas daqui a pouco começam a aparecer.

Adelaide colocou as duas mãos na cintura encenando um gesto de reprovação.

— Mas, Rita, o que você está fazendo no meio de pessoas ruins? Você é uma boa menina, trabalhadeira, obediente...

— Não sou mais não, sinhá – a garota falou fechando o cenho. — O marido da senhora e a sua filha me fizeram virar pessoa do mal. Deixei de ser boazinha e agora estou me vingando deles.

Percebendo que Rita estava bastante receptiva e que lhe devotava confiança, Adelaide estendeu a mão, acariciou-lhe o rostinho encardido e perguntou delicadamente:

— Você não acha que a vida dos dois já está sendo bastante difícil? Não fica satisfeita ao ver a condição miserável em que eles se encontram na atualidade?

— Vida difícil? É claro que não, sinhá! Eles continuam sendo os donos de escravos cheios de ruindade de sempre. Ainda têm muito dinheiro e muito poder para fazer maldades com as pessoas.

Estava claro que Rita tinha de Teobaldo e Irene uma visão bem diferente da realidade. Embora pai e filha estivessem vivendo agora uma situação de penúria e se apresentassem aos olhos do mundo como indigentes necessitados de compaixão, aos olhos dela, presos ainda aos acontecimentos do passado, eles eram vistos com a mesma aparência daquela época. Teobaldo se apresentava com a imponência e a impiedade de sempre, e Irene como a filhinha mimada, capaz de fazer qualquer coisa para impor o seu orgulho e a sua vaidade.

Sob o olhar acusatório de Rita, o ambiente miserável embaixo daquele viaduto era o da imponente fazenda onde ela fora humilhada, maltratada e relegada a um destino de grandes padecimentos que se arrastavam através dos tempos.

Ao perceber esse detalhe, Adelaide perguntou:

— Rita, em que lugar você disse que nós estamos?

— Ora, dona Adelaide, por que a pergunta? A senhora não vê que estamos na fazenda? – apontou com o dedo para o lado direito e afirmou: — Olha lá a casa-grande. – Depois, voltando-se para a direção oposta, falou: — E ali está a senzala fedorenta e fria onde eu fui condenada a viver pelo resto da vida.

A confusão mental apresentada por Rita era algo impressionante, principalmente se levarmos em conta o seu tempo de duração. Uma triste confirmação de que o desejo de vingança exerce sobre os Espíritos em estágio de provações um poder imensamente duradouro.

Outra constatação interessante foi o fato de que Rita, apesar das lembranças negativas que guardara de Teobaldo e Irene, mantivera na memória a atitude amorosa de Adelaide ao tentar defendê-la e a maneira digna como tratava todos os escravos. Ou seja, o coração humano não é capaz de guardar apenas as impressões negativas de quem o maltrata, mas também as lembranças positivas daqueles que lhe conquistam a amizade e a confiança de modo verdadeiro.

E foi justamente contando com o sentimento positivo que a menina lhe devotava, que Adelaide se animou a fazer-lhe um convite:

— Rita, eu gostaria que você me acompanhasse a um lugar muito bonito e que fica bem próximo.

A menina a encarou muito séria.

— Desculpe, dona Adelaide, mas eu não posso sair daqui.

— E por que não pode?

— Por que não.

— Mas quem a proíbe?

Rita pareceu meio confusa ao responder:

— Eu não sei... Antigamente era o sinhô Teobaldo, mas agora eu não obedeço mais às ordens dele...

— Está vendo? Não há ninguém mais que lhe obrigue a ficar aqui. Você agora é livre para ir aonde quiser.

A menina ficou pensativa por uns segundos e, quando ia responder, Porfírio apareceu e interferiu:

— O que está acontecendo? Quem é essa dona?

— É a sinhá Adelaide. Eu já falei muito dela pra você...

Porfírio olhou demoradamente para a mulher inofensiva que ali estava. Ele sabia que Adelaide era uma pessoa generosa pelos comentários que Ritinha fizera a respeito dela, mas enquanto vivia na fazenda não chegara a conhecê-la.

Ainda assim, manteve-se inflexível, com o semblante endurecido a agravar ainda mais o aspecto sombrio de sua face destroçada pelo tiro de espingarda desferido há quase duzentos anos.

Adelaide quebrou o silêncio, impondo à voz um tom bastante amigável:

— Estou convidando a Ritinha para conhecer um lugar muito bonito...

— Ela não vai a lugar nenhum – o escravo interrompeu de modo rude. — Precisamos ficar na fazenda e continuar com o nosso plano de vingança contra aqueles malditos fazendeiros.

— Fazendeiros? – Adelaide perguntou sem alterar o tom de voz conciliador. — Se vocês prestarem atenção, verão que essas pessoas têm uma vida miserável e que enfrentam todo o tipo de necessidade.

— A senhora está mentindo – Porfírio retrucou irritado. — Eles são muito maldosos. Estão disfarçados de gente pobre, mas são as mesmas pessoas ricas e ruins que viviam na fazenda.

Com esse argumento, Porfírio demonstrou estar com um olhar mais lúcido sobre a realidade do momento, mas não percebia nenhuma mudança comportamental em seus inimigos. Por isso, a situação de penúria em que viviam não era o bastante para enfraquecer o seu desejo de vingança.

— A sinhá Adelaide não é mentirosa – Rita falou encarando o ex-escravo. — Ela é a única pessoa bondosa nesta família. Sempre tratou bem o povo da senzala. Não é justo que você fale desse jeito.

Vencido pela veracidade das palavras de Rita e pela força moral projetada pelo campo áurico de Adelaide, Porfírio baixou a cabeça em sinal de respeito.

— A senhora me perdoe, sinhá. É que eu tenho andando muito arreliado da vida.

— Não precisa pedir perdão, Porfírio. Eu compreendo o sofrimento de vocês. Por isso gostaria muito de levá-los a um lugar tranquilo, para que pudéssemos conversar com mais calma.

— Conversar sobre o quê?

— Sobre coisas alegres, bons sentimentos...

O negro moveu a cabeça em negação.

— Não há alegria na vida, sinhá. Melhor nos deixar aqui e seguir o seu caminho em paz.

Adelaide havia se preparado para aquele momento. Sabia que encontraria resistência por parte de Porfírio e, por esse motivo, buscara um modo de convencê-lo a desistir daquela persistente e inglória empreitada. Com o auxílio de amigos espirituais, conhecedores dos percalços vivenciados por aquele Espírito infeliz, ficara sabendo da existência de Ambrosina, o grande amor que fora esquecido pela mente perturbada do ex-escravo.

Assim, olhando-o amorosamente nos olhos deformados, perguntou:

— Você não gostaria de ter notícias da Ambrosina?

Porfírio silenciou como se buscasse na memória a imagem fugidia que muito lentamente começava a tomar forma em seu campo mental. Há quanto tempo não ouvia falar naquele nome? À medida que as lembranças recriavam em sua mente o semblante de Ambrosina, um misto de entusiasmo, nostalgia e inquietação colocava-o em polvorosa. Por que andara esquecido da mulher que tanto amava? Onde estaria Ambrosina?

O tom de sua voz era de aflição e ao mesmo tempo de esperança quando perguntou:

— O que a senhora sabe sobre a Ambrosina?

Adelaide ficou animada ao perceber a mudança aparentemente positiva que a lembrança provocou nele.

— Sei que ela o ama muito – respondeu com convicção. — Que nunca o esqueceu.

A voz de Porfírio tinha agora um tom lamentoso:

— Mas ela foi afastada de mim e isso me tornou um homem rebelde e revoltado... As pessoas nos separaram por pura maldade... Nunca mais vou poder encontrar com ela...

— Isto não é verdade – Adelaide falou olhando carinhosamente para ele. — Se você me acompanhar, eu tenho certeza de que irá reencontrá-la.

Porfírio voltou a silenciar. Rita se aproximou dele, apoiou a mão em seu ombro e falou:

— Meu amigo, por que você não aceita o convite da sinhá?

— Só se você for junto e se me prometerem que a Ambrosina não vai me ver com o rosto deformado – ele respondeu secando os olhos umedecidos, em uma atitude quase infantil. — Mas ainda acho que nada disso pode ser verdade.

— Então vamos – a menina disse segurando na mão dele. E, voltando-se para Adelaide: — A sinhá mostra o caminho?

— Sim. Venham comigo.

Então Adelaide os conduziu ao Centro Espírita. O modo como se dirigiam para lá era bem tranquilo para ela, mas para Rita e Porfírio nem tanto. Eles tinham a impressão de estar caminhando em meio a um matagal, pisando em relvas espinhosas e pedregulhos pontiagudos. A paisagem era escura como se um temporal estivesse prestes a desabar sobre a região.

Em meio à densa penumbra que vislumbravam à sua volta, Porfírio e Rita enxergaram um brilhante foco de luz e tiveram receio de se aproximar. Percebendo-lhes a insegurança, Adelaide, que seguia um pouco à frente, voltou-se e falou suavemente:

— Não tenham medo. Eu estarei com vocês o tempo todo.

— A senhora tem certeza de que a Ambrosina está lá? – Porfírio perguntou bastante desconfiado.

— Certeza absoluta – ela respondeu.

Voltaram a caminhar e, de repente, foram envolvidos por aquela luz intensa.

— Que lugar é este? – Porfírio perguntou tentando proteger os olhos com o dorso das mãos. — O que estamos fazendo aqui?

Mas ao fazer essas perguntas já não era a sua voz que reverberava no ambiente. Tratava-se da voz de um dos médiuns que compunham a equipe de trabalhadores da Casa Espírita e que, sob o comando do amoroso e experiente Afrânio, promoviam naquele momento uma reunião de assistência aos Espíritos sofredores.

Capítulo 18

O bom servidor

Não vos será perguntado o que fostes, nem que posição ocupastes, mas que bem fizestes, quantas lágrimas enxugastes.

ESE – Cap. 2 – item 8

Toda vez que se deparava com um quadro de obsessão espiritual, Afrânio se lembrava de sua própria história. Nascido e criado em um ambiente rural, no seio de uma grande família, mudou-se para São Paulo aos vinte anos, deixando para trás todos os familiares. Sentia-se perdido naquele fim de mundo e estava em busca de um futuro mais promissor do que a cidadezinha acanhada onde nasceu poderia lhe oferecer. Na capital paulista terminou os estudos, prestou concurso público e conseguiu um emprego estável.

Alguns anos depois, mesmo estando tudo certo em sua vida, um dia ele amanheceu doente. Foi tomado por um grande desânimo, pensamentos pessimistas e a ideia de suicídio chegou a lhe parecer uma coisa razoável. Afrânio tinha a sensação de ouvir vozes comandando os seus atos, uma espécie de "conselheiros do mal" a lhe dizerem o que fazer. Realizou uma via-sacra por clínicas e hospitais, submeteu-se a vários tratamentos, mas nada de encontrar cura.

Por sugestão de uma senhora médium que conhecera nessas andanças, Afrânio buscou auxílio junto a um Centro Espírita, onde foi detectado um grave processo obsessivo. Ocorre que Espíritos vingativos, com os quais possuía débitos morais por más ações do passado, estavam interferindo negativamente em seu psiquismo. Ele não acreditou de imediato, mas, determinado a se livrar daquele infortúnio, submeteu-se a uma assistência espiritual e a doença desapareceu, juntamente com os problemas – inclusive profissionais e financeiros – que ela lhe trouxera.

Encantado com o espiritismo e com o gesto de caridade daqueles abnegados irmãos que o ajudaram sem pedir absolutamente nada em troca, quis conhecer a doutrina codificada por Kardec. Fez cursos, descobriu sua condição de médium e passou a atuar naquele Centro Espírita que ficava localizado na região central da cidade.

Aos vinte e seis anos, Afrânio conheceu Noêmia, a moça com quem se casou e teve duas filhas. Sua esposa era católica, não gostava do espiritismo, mas também não implicava com as atividades espirituais do marido.

A vida seguiu sem contratempos. As filhas de Afrânio cresceram, casaram-se e se mudaram para outras cidades. Ele se tornou uma pessoa importante à frente dos trabalhos mediúnicos e assumiu o cargo de dirigente do Centro Espírita, onde era bastante procurado por pessoas que buscavam todo o tipo de ajuda. A exemplo dos caridosos companheiros que o acudiram décadas atrás, Afrânio procurava atender a todos com respeito e amor incondicional.

Ele se sentia cada vez mais seguro em suas tarefas e, sem notar, este excesso de segurança aos poucos foi se transformando em uma exagerada autoconfiança. Afrânio julgou que estaria sempre imune às investidas dos inimigos das sombras e acabou se desleixando no que se refere à importante orientação do "vigiai e orai".

Nessa época, ele estava com quase sessenta anos, recebia um ótimo salário como aposentado, e sua vida se encontrava perfeitamente equilibrada. Então Noêmia fez amizade com uma nova vizinha e, por influência dela, passou a frequentar uma igreja que era radicalmente contra o espiritismo. O dirigente desse segmento religioso disse à esposa de Afrânio que ele era um servidor do mal e que representava um grande risco para que a alma dela fosse condenada ao fogo do inferno.

Assustada com as palavras do religioso, Noêmia passou a perturbar tanto o marido para que ele abandonasse o espiritismo, que Afrânio decidiu conversar com o dirigente daquela igreja. Porém o que houve entre os dois foi um inflamado duelo de palavras sobre conceitos religiosos e relações familiares. O sujeito o atacou com o Velho Testamento e Afrânio contra-atacou com o Sermão do Monte. Seus discursos foram carregados de despeito e soberba. Ao fim do debate, tornaram-se desafetos.

Naquela mesma noite, Noêmia se mudou de quarto, alegando que não iria dividir a cama com um homem que havia entregado a alma ao diabo. Criou-se uma barreira intransponível entre o casal e Afrânio passou a remoer uma mágoa imensa em seu coração; tanto em relação ao dirigente daquela igreja quanto pela esposa, que a cada dia se tornava mais fanática e mais distante dele.

O médium foi tomado por uma carência afetiva sem limites. Aos poucos foi se deixando enredar nas tramas dos inimigos desencarnados, que não haviam desistido das ações de vingança, e que se felicitavam por aquela invigilância.

Uma noite em que estava trabalhando no Centro Espírita, Afrânio foi procurado por uma jovem de vinte e poucos anos. Ela se chamava Sandra e andava enfrentando uma grave depressão. Desabafou com ele, chorando bastante. Disse que não tinha razões para estar daquele jeito. Morava com a mãe a quem amava muito e estava noiva de um rapaz muito educado e trabalhador, com o casamento marcado para o próximo ano.

Enquanto ela falava, o coração do dirigente da instituição foi tomado por um forte sentimento de compaixão. Sandra passou a frequentar o Centro Espírita e ele continuava a orientá-la, com o desejo sincero de ajudá-la a sair daquele processo obsessivo tão parecido com o que ele próprio havia enfrentado na juventude.

Então, sem perceber o quanto estava sendo assediado pelas entidades maliciosas que se compraziam com os seus tropeços morais, passou a dedicar a ela uma atenção que, aos olhos de muitos, transcendia à formalidade e andou levantando suspeitas quanto à sua conduta. Independentemente disso, Sandra conseguiu se livrar das perturbações, passou a estudar o espiritismo e, do mesmo modo como ocorrera com Afrânio décadas atrás, quis engrossar a fileira dos trabalhadores dedicados à caridade cristã.

O dirigente do Centro Espírita a acolheu como a uma filha, mas os cochichos maliciosos entre pessoas que passaram a ser usadas como instrumentos de discórdia para o afetarem acabaram chegando aos ouvidos de Noêmia que, também envolvida pelos tentáculos invisíveis de Espíritos levianos, absorveu aqueles fuxicos como sendo verdadeiros.

Com a relação conjugal já bastante abalada pelas investidas do dirigente da igreja que Noêmia continuava frequentando – e que passara a ver em Afrânio um inimigo a ser abatido impiedosamente depois da inútil discussão que tiveram – a mulher pediu a separação.

— Ou você vai embora desta casa ou vou eu – falou Noêmia de modo taxativo. — Não quero mais viver ao lado de um homem que, além de destinado a queimar na fogueira do inferno, tem a ousadia de esfregar em minha cara uma amante com idade para ser nossa neta. Ou você acha que as pessoas não veem e não me contam sobre a maneira como você trata a nova "queridinha" que apareceu naquele antro de perdição?

De nada adiantaram as explicações. A tentativa de reconciliação foi algo inútil. Noêmia estava determinada a pôr fim em seu casamento e encontrou apoio nos novos companheiros de religião, que viam na infidelidade conjugal – embora inexistente naquele caso – razão mais do que justa para o rompimento do compromisso.

— Uma vez desonrado, o leito conjugal perde a sua pureza para todo o sempre e se torna um lugar de nódoas, pecado e depravação – convenceram-na com malícias, distorcendo palavras supostamente extraídas da bíblia.

Sem alternativas, e para evitar maiores desgastes, Afrânio deixou a casa, alugou um pequeno apartamento próximo ao Centro Espírita onde servia voluntariamente, e se mudou para lá. A provação foi bastante dura. Apesar de todos aqueles anos de conhecimento doutrinário, ele sentiu um baque ao ter de se readaptar àquela rotina solitária.

Por algum tempo descuidou-se das tarefas no Centro Espírita, andou fraquejando e em vários momentos sentiu a presença dos inimigos invisíveis a gargalharem de suas angústias. Alguns companheiros de ideal cristão, atentos ao que se passava com ele, aconselharam-no a não perder de vista tudo o que havia aprendido naqueles anos à frente dos trabalhos espirituais. Afrânio teve a humildade de ouvi-los e conseguiu colocar em prática a sagrada virtude da paciência.

Aos poucos, o sentimento de revolta recuou. O sofrimento o reconduziu ao caminho da fé e da sobriedade. A presunção de se achar imune aos ataques espirituais já não encontrava espaço em seu pensamento.

Afrânio fez o trajeto de volta em busca da luz redentora que no passado o conduzira ao bom caminho. Reiniciou os estudos com a determinação de um aluno negligente tentando recuperar o tempo perdido. Reencontrou a pureza doutrinária dos ensinamentos de Jesus e buscou a paz de espírito na prática da verdadeira caridade, no amor incondicional ao próximo, reassumindo com afinco as atividades à frente da instituição fraterna que dirigia.

Algumas vezes Afrânio tentou se reaproximar de Noêmia, senão como marido, mas como um irmão em Cristo em busca de reconciliação fraternal. Porém ela continuava inflexível, cheia de ressentimentos, e não queria saber de conversa. Ele respeitou a vontade da ex-esposa, mas jamais deixou de envolvê-la em suas preces e de pedir a Deus que a protegesse das maldades do mundo.

Um dia, Afrânio ficou sabendo por uma das filhas que a mãe tinha se mudado acompanhando a família do dirigente e alguns seguidores de sua igreja, que haviam erigido uma congregação numa cidade do interior do estado. Ele ficou triste por não ter tido a oportunidade de se despedir e de voltar a pedir a ela que se libertasse daquela mágoa tão inútil quanto prejudicial.

Passados doze anos desde que fora obrigado a deixar o lar, depois de uma noite de intensa atividade no Centro Espírita, Afrânio se dirigia para o estacionamento onde pegaria o carro para voltar ao apartamento, que ficava a poucas quadras dali. Estava bastante frio e uma garoa persistente deixava o clima um tanto nostálgico.

Quando estava abrindo a porta do veículo, sentiu o leve toque de uma mão em seu ombro. Voltou-se um pouco sobressaltado e se deparou com o olhar constrangido de Noêmia. Entre surpreso e preocupado, ouviu-a dizer com um tom de voz trêmulo e hesitante:

— Perdoe-me... Eu fiz tudo errado...

Afrânio sentiu o coração aquecido por aquela improvável presença. Abriu os braços e a acolheu em um abraço cheio de ternura e saudade. Noêmia chorava com o rosto apoiado em seu peito, molhando-lhe o paletó com lágrimas mornas.

— É claro que eu a perdoo – ele falou com convicção; a alma tomada de ternura e compaixão pela única mulher que, como homem, amara na vida.

Depois de algum tempo naquele enlace, afastou-a com suavidade, acariciou-lhe o rosto banhado pelo pranto e disse:

— Venha, vamos para casa. Teremos muito tempo para conversar...

Noêmia o encarou com seriedade ao responder:

— Infelizmente não será possível. Mas, diga-me, você me perdoou mesmo ou está falando por falar?

— É claro que perdoei, minha querida – ele confirmou com toda a sinceridade do seu amoroso coração.

— Obrigada – Noêmia falou com emoção. — Isso era tudo que eu precisava ouvir.

Sem que Afrânio pudesse fazer qualquer coisa para evitar, a mulher se afastou rapidamente e se perdeu na penumbra da noite.

O dirigente do Centro Espírita foi para casa com o coração partido, tentando entender porque ela não ficara, já que havia se mostrado tão arrependida de ter desistido do casamento.

Assim que entrou na pequena habitação, que nunca lhe parecera tão fria e solitária como naquela noite, percebeu que havia uma mensagem na secretária eletrônica. Automaticamente acionou-a e ouviu a voz chorosa de sua filha dizendo:

"Papai, tentei telefonar várias vezes, mas o senhor não atendeu. Preciso avisá-lo de que a mamãe faleceu hoje à tarde, vítima de um infarto fulminante..."

Afrânio não conseguiu ouvir mais nada. Quedou-se de joelhos e, entregue a um pranto desolado, pediu a Deus e aos benfeitores espirituais que amparassem Noêmia em seu regresso à dimensão do Espírito e que os permitissem, futuramente, dar continuidade à história de amor que jamais poderia ter aquele doloroso desfecho.

Com os conhecimentos espirituais adquiridos, Afrânio aprendera que o amor é atributo da alma e, por consequência, tão imortal quanto ela. Por isso tinha a certeza de que não tardaria muito a reencontrar Noêmia.

Enquanto aguardava o momento do reencontro, como bom servidor que se tornara, compartilhava com todos os necessitados que o procuravam em busca de amparo e esclarecimentos o amor imenso que aprendera a cultivar em seu coração.

Capítulo 19

A reunião mediúnica

Na balança divina, todos os homens são iguais; só as virtudes os distinguem aos olhos de Deus.

ESE – Cap. 7 – item 11

Naquela manhã, ao ver a menina dormindo no sofá e ouvir a voz desafiadora do inimigo espiritual que a perseguia, Afrânio percebeu que se tratava de mais um dos inúmeros casos encaminhados para aquele recanto de amor e caridade. Por esse motivo, não se surpreendeu quando o mesmo Espírito obsessor se manifestou durante os trabalhos mediúnicos realizados naquela noite, por volta das 21 horas, ou seja, depois de terminada a palestra pública que fora assistida por algumas dezenas de pessoas e da aplicação dos passes.

— Que lugar é este? – Porfírio voltou a perguntar, pela voz do médium que lhe permitia a comunicação, sentindo-se ainda incomodado pela luz que lhe ofuscava os olhos doloridos. — Por que me trouxeram aqui? O que vocês querem comigo?

— Aqui é um lugar de paz, meu irmão – disse Afrânio. — Não há razão para se preocupar. Você está entre amigos.

Depois de um breve silêncio, como se perscrutasse as projeções mentais dos oito médiuns que ali estavam, o desencarnado falou:

— Não conheço nenhum de vocês. Como podem ser meus amigos?

— Somos amigos de todos, conforme nos ensinou o mestre Jesus.

— Não sou religioso e não acredito em você – Porfírio esbravejou. — Acho melhor ir embora. Não vou ficar perdendo meu tempo aqui.

Adelaide acompanhava em silêncio evitando interferir no diálogo entre os dois, apenas emitindo vibrações de amor para que tudo desse certo. A atitude do ex-escravo mostrava que ele estava confuso, possivelmente tendo se esquecido da conversa que acabara de ter com ela a respeito de Ambrosina. A impressão que se tinha era a de que a luz que o envolvera ao se aproximar do Centro Espírita havia provocado aquela confusão mental.

Enquanto Afrânio dialogava com Porfírio, Adelaide deu a mão à Ritinha e disse:

— Venha comigo.

A menina ficou um pouco desconfiada.

— Para onde?

Adelaide sorriu com ternura ao dizer:

— Eu não falei que iria levá-la a um lugar muito bonito?

— Mas... E o Porfírio? O que vai acontecer com ele?

— Não precisa se preocupar. O Porfírio será muito bem tratado aqui.

Ritinha hesitou por alguns Instantes. Percebendo-lhe a insegurança, Adelaide falou:

— Vamos, se você não gostar do lugar para onde vou levá-la, eu a trago de volta.

— A sinhá jura?

Adelaide a encarou com seriedade, formou uma cruz com os dedos indicadores e, levando-a aos lábios, beijou-a e disse:

— Juro por todos os santos. Pode confiar em mim.

— Então está bem – disse a ex-escrava com um sorriso infantil e entendeu-lhe a mão.

Rita teve a impressão de haver se deslocado para um lugar distante dali, mas na verdade o cenário que se apresentou à sua frente pertencia à dimensão espiritual do próprio Centro Espírita. Um ambiente propício às necessidades temporárias da menina e cuja forma-pensamento só fora possível ser criada graças à ausência de ódio em suas vibrações astrais.

Ao contrário de Porfírio que, dominado pelo desejo de vingança, tivera a visão cegada pela luz e fora envolvido em uma grande confusão mental, o que Ritinha viu foi uma imagem bastante positiva. Ela se deparou com uma colônia parecida com a fazenda onde fora escrava, mas o lugar era imensamente mais bonito e não havia cativeiros.

Meninas e meninos semelhantes a ela brincavam, riam alto e cantavam livremente em meio a uma campina de relva baixa e florida. Os raios amenos do sol resplandeciam no céu, envolvendo toda a paisagem em um halo de luz morna e dourada. Uma brisa suave provocava sutis movimentos nas pétalas das florezinhas campestres, enquanto coloridas borboletas planavam graciosamente sobre elas. E em meio aos ramos das árvores que se estendiam na planície, um bando de passarinhos trinavam festivos e irrequietos.

— Meu Deus do céu! – Ritinha exclamou arregalando os olhos, com a ingênua surpresa da criança que acaba de descobrir um tesouro. Há quanto tempo não se deparava com um cenário daqueles? Aliás, havia visto algo parecido com aquilo alguma vez na vida? — Que lugar lindo é este, sinhá? – perguntou com os olhos marejados e a voz embargada pela emoção.

— É a sua nova casa – respondeu Adelaide também emocionada ao ver a reação da menina.

— Minha casa? Quer dizer que eu vou poder ficar aqui?

— Pode sim. A menos que você não queira.

Grossas lágrimas saltaram dos olhos da ex-escrava quando ela disse com certa apreensão:

— Eu quero muito, sinhá! Mas será que eles vão me aceitar neste lugar tão bonito?

Mal acabou de falar e uma moça de semblante suave, abrindo um sorriso encantador, aproximou-se, abriu os braços e falou:

— Seja bem-vinda, Ritinha! Eu sou Mariângela, uma das pessoas responsáveis por este lugar. Nós estávamos justamente à sua espera.

Em um pedido mudo de orientação, a menina lançou um olhar de submissão para Adelaide, que acenou positivamente com a cabeça, incentivando-a a seguir adiante. Em passos vacilantes, talvez por não se sentir merecedora de tamanha bênção, Rita se aproximou de Mariângela que a acolheu em um abraço maternal.

O pranto a que a menina se entregou ao ser envolvida pela amorosidade extrema da benfeitora provocou um silêncio repentino na natureza, dando a impressão de que até os passarinhos precisaram de uma trégua em seus silvos para absorverem o manancial de amor e luz que testemunhávamos naquele momento.

Deixando Ritinha aos cuidados de Mariângela, retornamos à sala do Centro Espírita onde ocorria a reunião mediúnica. Eu e Adelaide estávamos ainda bastante emocionados e minha amiga tinha os olhos banhados de lágrimas.

Cabe explicar que, no plano espiritual, os fatos não possuem a mesma cronometria aplicada ao plano da matéria. Assim, a assistência devotada à Ritinha, que contribuiu ao não se opor à ajuda oferecida, ocorreu em um tempo tão curto, que praticamente não perdemos nada do diálogo travado entre o orientador e Porfírio que, conforme já dissemos, manifestava-se pela voz de um dos médiuns da equipe dirigida por Afrânio.

— Ninguém o prendeu aqui e você pode ir embora se quiser – dizia o dirigente do Centro Espírita, quando retornamos ao ambiente. — Mas, se fizer isto, não vai poder falar com a pessoa que aqui está à sua espera.

Nesse momento, foi possível ver que Ambrosina também estava presente. Era uma moça negra, de olhos castanho-claros, que expunha no rosto os traços delicados de uma beleza incrível.

— Porfírio – ela falou com voz delicada e cheia de ternura. — Consegue me ver?

Nesse momento, o médium, movido pela abrupta reação do desencarnado, levou as duas mãos ao rosto e implorou chorando:

— Não! Por favor, não deixem que ela se aproxime. Eu não quero que Ambrosina me veja assim...

— Assim como? – Afrânio perguntou.

— Com o rosto destruído desse jeito. Ou vocês acham que eu já não me vi no espelho de água do ribeiro? Estou parecendo um monstro... A mulher que eu amo nunca mais vai querer me ver, se souber como estou feio.

Enquanto falava, Porfírio chorava e se debatia em contrações musculares que eram reproduzidas pelo médium.

Afrânio se aproximou, espalmou a mão esquerda sobre a fronte do trabalhador enquanto, com a direita, fazia lentos movimentos circulares em torno de seu rosto, que se vinculava de tal modo ao rosto astral do desencarnado, que dava a impressão de se tratar de um único organismo fluídico.

Em um procedimento que levou menos de um minuto na cronometria terrena, uma concentração de ectoplasma extraído por doação de amor incondicional da equipe mediúnica ali presente foi se condensando e se concentrando na estrutura perispiritual do rosto do ex-escravo, reorganizando as células destruídas e devolvendo-lhe a forma original; ou seja, a aparência que ele tinha ao desencarnar, aos trinta anos de idade.

A seguir, foi plasmado um pequeno espelho com uma moldura oval e Afrânio falou:

— Meu irmão, você está equivocado. Não há nenhuma deformação em seu rosto.

— Há sim – Porfírio insistiu. — Ele foi destruído por um tiro de espingarda...

— Por favor, meu irmão, confie em mim – o dirigente da reunião pediu gentilmente. — Você acha que nós o traríamos aqui para enganá-lo?

A resposta do desencarnado foi um meneio de cabeça que sugeria dúvida.

— Vamos, pegue este espelho. Dê uma olhada em seu rosto.

— Eu não quero. Por favor, não me obrigue – Porfírio pediu chorando copiosamente.

Todos nós que ali estávamos, nos dois planos da vida, emitíamos vibrações de amor e fazíamos preces em favor daquele irmão.

— Nós não vamos obrigá-lo – disse Afrânio com sua voz calma e segura. — Mas, se você não olhar, não poderá ver como o seu rosto está bonito agora.

O desencarnado silenciou, tentando conter o choro. Depois, mostrando-se mais calmo, falou:

— Está bem. Eu confio em vocês. Pode me dar o espelho.

E a cena que presenciamos a seguir foi de cortar o coração. Ao ver que seu rosto estava totalmente restaurado, Porfírio voltou a chorar, mas agora chorava de emoção.

— Quem são vocês, afinal? São médicos ou bruxos? Como conseguiram curar o meu rosto? Ah, muito obrigado! Muito obrigado!

— Foi Deus que o curou – respondeu Afrânio. — Sem Ele, nem médicos, nem curandeiros ou bruxos podem fazer qualquer coisa, meu irmão.

— Onde está a Ambrosina? – Porfírio perguntou ansioso. — Oh, meu Deus! Agora eu posso vê-la sem sentir vergonha da minha aparência.

Nesse momento, a moça se aproximou e os dois se abraçaram chorando.

— Ah, meu amor! Por onde você andou? – o ex-escravo perguntou depois de se recompor.

— Estava o tempo todo ao seu lado – ela respondeu entre soluços. — Mas você vivia tão distraído, que não conseguia notar a minha presença.

— É... Eu estava fazendo coisas erradas, não é? – ele comentou constrangido.

— Você estava fazendo o que julgava certo, mas era um grande equívoco. Veja quanto tempo perdido, quanto sofrimento inútil...

— Estava cobrando parte da injustiça que fizeram comigo – ele falou voltando a demonstrar certa irritação. — Eu era um escravo submisso até nos separarem de forma tão desumana. Depois que me revoltei, tendo razão suficiente para não me conformar com o que fizeram conosco, passei a ser tratado como lixo, chegando ao ponto de me matarem covardemente por um crime que não cometi...

A moça o interrompeu, dizendo:

— Naquela encarnação, nós estávamos expiando erros de vidas passadas, meu amor. Fomos nós que pedimos aquelas provações, mas infelizmente você não as suportou e pôs tudo a perder.

— Mas por que iríamos pedir uma vida como escravos? Isso não faz sentido...

— Porque, na vida anterior, tendo nascido na África, nós nos unimos aos homens brancos que iam até lá para raptar nossos irmãos e transportá-los em grandes navios para serem transformados em escravos. Nós dois negociávamos com eles, recebendo benefícios para facilitar a captura, conduzindo os traficantes às pacíficas aldeias de nosso país e orientando-os sobre a melhor forma de conseguirem o que queriam. Fomos responsáveis pelo sofrimento de nossos compatriotas e adquirimos grandes débitos morais que precisavam ser quitados. A vida de escravidão foi um pedido que fizemos para iniciar o processo de reparação de que tanto necessitávamos.

Enquanto Ambrosina fazia essas revelações, cenas daquela vida passada, quando ambos ajudaram a promover tantas desgraças, vieram à tona na mente aturdida de Porfírio, que baixou a cabeça em sinal de submissão. A moça secou as lágrimas dele com os polegares e, olhando-o nos olhos, disse:

— Isso não é o que mais importa agora, meu amor. O importante é que nos reencontramos e que teremos muito tempo pela frente para reajustarmos os nossos passos. Deus é infinitamente justo e bom e nos dará novas oportunidades de estar juntos e de reiniciarmos a tarefa que não pôde ser terminada.

Guiado por Ambrosina e por amigos espirituais que ali estavam para conduzi-lo a um ambiente de assistência e esclarecimentos, Porfírio, chorando bastante, deixou-se acomodar em uma maca onde foi induzido a um sono reparador. Quando acordasse, seria iniciada a preparação para futuras experiências reencarnatórias, com o objetivo de dar prosseguimento à jornada terrena interrompida há quase dois séculos.

Logicamente, parte desse processo de evolução exigiria agora a reconciliação com seus algozes, principalmente com Teobaldo, já que um surpreendente senso de justiça fazia o ex-escravo ver que o capataz que o conduzira para a morte estava apenas cumprindo ordens e o homem que lhe esfacelara o rosto com um tiro de espingarda fora ludibriado e induzido àquela atitude, em um momento de extremada dor.

Capítulo 20

O fardo do remorso

Vinde, pois, a mim, vós que sofreis e vos achais oprimidos, e sereis aliviados e consolados.

ESE – Cap. 6 – item 7

Finalizados os trabalhos mediúnicos no Centro Espírita, eu e Adelaide nos dirigimos às precárias acomodações de seus familiares, embaixo do viaduto. Deu para notar que Irene dormia profundamente, sem a perseguição de Ritinha que por tanto tempo lhe atrapalhara o sono. Entretanto, podíamos perceber que Berenice continuava acoplada às projeções mentais de Miguel, como se dependesse daquele processo parasitário até para respirar.

Seguimos o cordão prateado que se projetava do corpo adormecido de Miguel e nos deparamos com um ambiente inóspito; uma espécie de pântano cercado por uma vegetação espinhosa. A área pantanosa era cortada por uma longa e estreita vereda, e era exatamente por essa trilha que o rapaz caminhava, levando no colo o corpo de Berenice. Ele seguia até o fim da trilha para, logo a seguir, reaparecer no início dela, refazendo indefinidamente o mesmo percurso.

Não foi difícil para Adelaide posicionar-se no meio da vereda e interromper os passos apressados do filho, que expunha no rosto um cansaço imensurável. Ao vê-la, Miguel demonstrou alegria e preocupação ao mesmo tempo.

— Mãe? O que senhora está fazendo aqui? – perguntou surpreso.

Adelaide o olhou ternamente ao dizer:

— Vim conversar com você, meu filho. Não estava com saudade de mim?

— Muita saudade, mãe – ele falou tentando conter o pranto.

— Então venha me dar um abraço – ela disse abrindo os braços.

A partir daí, desenvolveu-se entre os dois o seguinte diálogo:

— Bem que eu gostaria de abraçá-la, mas estou com a Berê no colo.

— E por que está com ela no colo?

— Porque ela não consegue andar. Tenho de levá-la ao hospital...

— E onde fica o hospital?

— Ainda não consegui descobrir, mas preciso fazer isso.

— E se eu disser que sei onde a Berenice pode ser atendida?

— Verdade? A senhora pode nos levar até lá?

— Sim. É só você me acompanhar.

Da mesma forma como acontecera com Rita e Porfírio, Miguel teve a sensação de empreender uma longa caminhada, mas o que ocorreu foi um rápido deslocamento até o Centro Espírita que, àquelas alturas, estava com as portas físicas fechadas; entretanto, na dimensão espiritual do ambiente, os trabalhos de assistência prosseguiam ininterruptamente.

Entre os voluntários das duas dimensões da vida que ali atuavam naquele momento, alguns apresentavam o cordão prateado: eram os médiuns que, deixando o corpo físico adormecido em seus lares, projetavam-se espiritualmente e retornavam à Casa Espírita para darem prosseguimento às relevantes tarefas ali desenvolvidas. Dentre eles estava Afrânio, incansável e determinado servidor da boa causa.

O filho de Adelaide se sentiu aliviado ao perceber que estava em um hospital. Duas enfermeiras se aproximaram conduzindo uma maca e uma delas disse:

— Por favor, Miguel, coloque a senhorita Berenice aqui e descanse seus braços.

Antes de obedecê-la, ele perguntou:

— Espere um pouco; como é que você sabe os nossos nomes?

— Sua mãe avisou-nos, por projeções mentais, que vocês estavam vindo e nós estávamos aguardando suas chegadas – respondeu a simpática servidora.

Miguel olhou para Adelaide que assentiu com um leve movimento de cabeça. A seguir, colocou Berenice sobre a maca e finalmente pôde abraçar a genitora, que o aconchegou amorosamente.

— Eu preciso ajudar a Berê, mãe – ele falou entregando-se finalmente ao pranto que insistia em aflorar.

— Eu sei – Adelaide respondeu. — Mas deixe-me participar disso, meu querido! Eu também quero muito ajudá-la.

— Ah, mãe! Por que fui tão estúpido com ela? Por que a magoei tanto?

O abraço ficou ainda mais reconfortante com a resposta que Miguel ouviu:

— Meu filho, o que está feito pertence ao passado e não pode ser ignorado, mas não é se entregando às amarras inúteis do remorso que você irá ajudá-la. Pelo contrário, quanto mais tempo ficar preso a este processo compulsivo, mais demorado será o período de recuperação de Berenice, assim como prejudicará também a si mesmo.

— O que devo fazer então? Abandoná-la à própria sorte?

— Ninguém está relegado à própria sorte, meu filho. Há um Pai universal que cuida de todos nós e que sempre coloca anjos à nossa disposição. – Adelaide apontou para as abnegadas servidoras que naquele momento cuidavam de Berenice e completou: — Esses são alguns dos anjos de que estou falando. Deixe essas moças cuidarem da Berê e vamos cuidar um pouco de você também. – Puxou o filho pela mão e disse: — Venha comigo!

Indeciso e confuso, Miguel alternou a atenção entre a mãe e Berenice.

— Mas vamos deixá-la aqui? Sozinha? – perguntou reticente.

— Miguel, em primeiro lugar, ela não está sozinha. Em segundo, você não estava procurando um hospital? Então, pronto. Berenice está em um ótimo hospital e será muito bem tratada aqui.

— Mas eu poderei visitá-la?

— Poderá sim. Sempre que quiser.

— Mas eu não sei como chegar aqui.

— Eu conheço o caminho e o trarei.

— Quer dizer que a senhora não vai embora? Que vai ficar comigo?

— Estarei sempre ao lado de vocês, meu filho. Não vou abandoná-lo, como não abandonarei também o seu pai e a sua irmã. Eu os amo muito!

Ao dizer essas palavras, a voz de Adelaide vibrava de emoção e seus olhos brilhavam tão intensamente, que Miguel percebeu não haver razão para colocar em dúvida o que a mãe lhe dizia. Então decidiu acompanhá-la. Porém, antes de deixar o ambiente, aproximou-se da maca onde Berenice, semidesfalecida, era cuidada pelas caridosas servidoras, beijou-lhe a testa demoradamente e disse:

— Fique em paz, Berê! Em breve eu voltarei para visitá-la.

Naquele momento rompiam-se os liames criados por frustração e remorso, libertando vítima e algoz das invisíveis e robustas grades do cárcere mental que os mantinham diuturnamente conectados, mas em uma conexão que não se revertia em benefício para nenhum dos dois.

Agora sim, com a libertação configurada, Berenice e Miguel podiam ser preparados para os desafios futuros quando, de alguma forma, haveriam de se reencontrar para os devidos ajustes que somente são possibilitados pelo processo da reencarnação.

Retornamos à moradia de Teobaldo, Miguel e Irene. Apesar da precariedade do ambiente, a atmosfera estava bem mais leve sem a presença dos três desencarnados que durante tanto tempo os perseguira. Adelaide pousou suavemente a mão espalmada na fronte de Teobaldo que se projetou espiritualmente e, ao deparar-se com a ex-esposa, ficou bastante comovido.

— Oh, meu amor! Como é bom vê-la de novo – ele disse com a voz embargada.

— Vim conversar com você, meu querido. Passar-lhe algumas orientações.

— Obrigado por se preocupar. Mas, diga-me, você está bem?

— Estou ótima, graças a Deus! Minha preocupação tem se concentrado unicamente em você e nossos filhos. Pedi a Deus que me permitisse vir orientá-los, consegui a autorização, mas tive de esperar o tempo certo de fazê-lo.

— A vida não tem sido fácil – Teobaldo falou com o olhar triste –, mas tenho fé de que logo as coisas irão melhorar. Consegui ajuntar um dinheirinho nos últimos anos e já estou vendo a possibilidade de arranjar um lugar mais decente para morarmos. – Dizendo isso, o ex-fazendeiro mostrou um buraco que havia entre a parede e o piso de concreto, nos fundos do viaduto, e que estava encoberto por uma pedra. — É ali que estou guardando o dinheiro – ele disse. — Um amigo está me ajudando a encontrar uma casinha para comprar e eu acho que em breve poderemos nos mudar.

— Que bom, meu querido! – Adelaide exclamou animada. — Fico feliz que as coisas estejam se encaminhando nesse sentido, mas queria lhe pedir um favor.

— Pois peça. Prometo atendê-la, seja lá o que for.

— Não será assim tão simples – Adelaide advertiu. — A nossa conversa está ocorrendo no plano espiritual. Quando você acordar pela manhã, não se lembrará dela, pensará que foi apenas um sonho. Então é importante que procure gravá-la de modo bem claro em seu subconsciente.

— Vou me esforçar, meu amor. Do que se trata?

— Eu quero que você leve nossos filhos ao Centro Espírita. Todos vocês estão precisando de auxílio e o senhor Afrânio irá ajudá-los.

— Está bem. Farei o que você me pede.

O diálogo varou a madrugada e muitos detalhes do que os dois tinham vivenciado nas duas últimas encarnações foram relembrados.

— Você tem sido um pai exemplar nesta vida – Adelaide falou. — Apesar de todas as dificuldades, tem conduzido Miguel e Irene para o caminho da resignação, ao não se revoltar e não revidar às provocações que lhe são dirigidas, dando-lhes um maravilhoso exemplo de respeito pelo próximo.

— É o mínimo que eu poderia fazer, depois dos equívocos que cometi e que os induzi a cometerem na encarnação passada – disse Teobaldo. — Moralmente falando, tenho me saído melhor na provação da miséria do que quando fui possuidor de dinheiro e poder.

— Quase sempre é assim que acontece. O dinheiro e o poder constituem uma prova muito difícil, pois excitam o orgulho, o egoísmo e a vaidade. No estágio de expiação e provas, o homem começa a experimentar a transformação do instinto em sentimento, porém, nele, os sentimentos são corrompidos pelas sensações que são mais acessíveis aos afortunados do que aos pobres. Na dimensão terrena, ainda é complicado para um homem rico e poderoso exercitar bons sentimentos. O amor puro, incondicional e coletivo leva tempo para ser conquistado, e essa conquista invariavelmente passa pelo gargalo do sofrimento, da doença e da miséria.

— É verdade – concordou o ex-fazendeiro. — Percebo que na pobreza nós fomos uma família bem mais unida do que na riqueza.

Adelaide falou sorrindo:

— Foi uma experiência incrível ter de meu marido e filhos a atenção e o carinho que tanto desejei na vida passada e que me foram negados por causa das ilusões do mundo e das facilidades criadas pelo dinheiro. Posso dizer, meu querido, que fui esposa e mãe mais feliz na condição de miséria do que na opulência da fortuna.

E a conversa foi encerrada com essas sinceras e coerentes palavras daquela sábia mulher, a quem aprendi a admirar ainda mais.

No dia seguinte, Teobaldo, Miguel e Irene acordaram mais bem-dispostos, depois daquela noite de sono físico tranquilo. O coletor de material reciclável lembrava-se de ter sonhado com Adelaide, mas não conseguia recordar o conteúdo da conversa que tivera com ela. Miguel também tinha uma vaga lembrança de ter estado com a mãe durante o sono, mas, considerando ter sido apenas um sonho, sentiu-se feliz, porém deu pouca importância ao fato.

Quando seguiam para as ruas com sua carroça, os três passaram em frente ao Centro Espírita e nesse momento Irene, intuída por Adelaide, que os acompanhava, falou:

— Pai, por que a gente não vem aqui no sábado de manhã para tomar banho, cortar cabelos e unhas e ganhar roupa limpa? O senhor Afrânio falou que nós podemos vir, se o senhor quiser. Ele é um homem muito bom, sabia?

A primeira resposta que veio à mente de Teobaldo foi negativa. Porém, seguindo um repentino senso instintivo, reconsiderou e disse:

— Vamos pensar melhor sobre isso, filha. Até lá nós decidimos o que fazer.

Porém, ao dar essa resposta à Irene, ele já estava decidido a levar os filhos à Casa dirigida por Afrânio. Algo que Teobaldo não conseguia explicar passava-lhe a impressão de que, agindo daquele modo, estaria seguindo uma importante orientação.

Capítulo 21

Atendimento fraterno

Que remédios poderíamos dar aos que foram atingidos por obsessões cruéis e males pungentes? Um só é infalível: a fé, voltar os olhos para o céu.

ESE – Cap. 5 – item 19

No sábado, pela manhã, juntamente com Teobaldo e seus filhos, dezenas de pessoas em situação de rua faziam fila em frente ao Centro Espírita, enquanto, no interior do prédio, vários trabalhadores voluntários preparavam os banheiros, disponibilizando toalhas, sabonetes e xampus; outros cuidavam das roupas limpas e passadas que seriam distribuídas, enquanto o grupo encarregado da cozinha preparava o desjejum com frutas, pães, biscoitos e enormes garrafas térmicas com café, chá e leite quente.

Havia um grande burburinho entre os assistidos e nem todos se comportavam convenientemente, pois alguns se encontravam bêbados e até mesmo sob o efeito de entorpecentes. Por esse motivo, Afrânio e seus incansáveis companheiros não os deixavam ficar por muito tempo na calçada, a fim de evitar aborrecimentos com moradores, comerciantes e transeuntes daquela rua. Assim que possível, abriam um portãozinho lateral e os posicionavam em um corredor que desembocava no pátio, aos fundos do edifício.

O trabalho era meticulosamente organizado, de modo que as voluntárias cuidavam de mulheres e meninas, e os voluntários do sexo masculino cuidavam dos homens e dos meninos que ali aportavam em busca de atendimento. Depois dos cuidados físicos era oferecida também a assistência espiritual e muitos deles acabavam aceitando, enquanto outros, alegando as mais diversas desculpas, se esquivavam.

Duas horas mais tarde, Teobaldo, Miguel e Irene estavam irreconhecíveis. De banho tomado, unhas e cabelos cortados e usando roupas limpas, nem pareciam as mesmas pessoas esfarrapadas que um pouco antes aguardavam na fila. Além do corte de cabelo, Teobaldo teve também a barba escanhoada, expondo alguns traços de beleza física em um rosto bem delineado e que agora se mostrava um pouco mais jovem.

Ao vê-los arrumados e limpos, Adelaide ficou novamente emocionada, possivelmente se lembrando dos tempos em que viviam juntos na humilde casinha à beira do rio.

Depois de um desjejum reforçado, os três se prepararam para irem embora. Nesse momento Afrânio se aproximou e, colocando a mão sobre o ombro de Teobaldo, perguntou:

— Meu amigo, você teria um tempinho para conversarmos um pouco?

O ex-fazendeiro olhou para Irene, que acenou positivamente com a cabeça.

— Pode ir, pai. Eu e o Miguel esperamos o senhor aqui.

— Isso mesmo – o dirigente do Centro Espírita falou. — E aproveitem para comer mais algumas frutas, crianças. Fiquem à vontade.

Teobaldo e Afrânio entraram em uma sala e o convidado estava visivelmente tenso, olhando para todos os lados, talvez com medo de se deparar com alguma alma penada. Afinal, apesar de ter sido tão bem tratado, não lhe saía da cabeça o pensamento de que ali era um Centro Espírita e para ele, em sua ignorância a respeito do assunto, cada cômodo daquele lugar deveria estar infestado de fantasmas.

— Sente-se, por favor – Afrânio pediu, sentando-se também em uma das cadeiras dispostas na sala.

— Como é mesmo o seu nome?

— Teobaldo.

— Muito prazer, Teobaldo – o dirigente disse, estendendo-lhe a mão. — Meu nome é Afrânio.

— Eu sei, minha esposa falava muito do senhor – disse o outro, retribuindo ao cumprimento.

— Ah, a dona Adelaide... Ela está aqui, sabia?

Teobaldo arregalou os olhos.

— O senhor está brincando? Minha esposa está morta...

— De jeito nenhum. Ela está bem viva no plano espiritual. Aliás, está dizendo para você tomar cuidado com o dinheiro escondido naquele buraco que está coberto por uma pedra. Disse que uns ratinhos têm passado por lá e podem roer as notas.

— Como assim? Ninguém sabe disso. Nem para os meus filhos eu contei...

— Dona Adelaide disse que você mostrou o esconderijo a ela na madrugada de quarta-feira.

— Espere... Eu sonhei mesmo com ela esta semana...

— Não foi sonho, Teobaldo. Vocês tiveram um encontro no plano astral.

E Afrânio explanou sobre como ocorrem esses encontros. Teobaldo se recusava a acreditar, mas como explicar a revelação de um segredo que só ele sabia?

— A vida no mundo material é só um dos lados da história – o dirigente do Centro Espírita falou. — Por isso eu gostaria que você viesse aqui nos dias de assistência espiritual, que ouvisse as palestras e trouxesse também os seus filhos para aprenderem um pouco sobre a origem de todos nós e receberem amparo dos Espíritos benfeitores. Muitas vezes, os problemas que atrapalham a nossa vida, até mesmo em questões físicas como doenças e finanças, têm sua origem em perseguições espirituais, meu amigo. É quando nós fazemos tudo certinho, com honestidade, esforço, boa vontade e as coisas simplesmente não fluem. Parece que a cada passo para frente, nós damos dois para trás...

E Afrânio fez uma longa explanação sobre os processos obsessivos.

Naquele momento, envolvido pelas vibrações mentais de Adelaide, Teobaldo pensou nos problemas físicos de Miguel e nas instabilidades emocionais de Irene. Esses distúrbios teriam algo a ver com o que acabara de ouvir? Pensou também em todos os transtornos que tivera na vida, mesmo procurando fazer tudo corretamente.

Vendo que Teobaldo ficara bastante pensativo, o dirigente do Centro disse-lhe por fim:

— Veja, meu amigo, eu não estou lhe forçando a nada. Trata-se apenas de um convite e eu gostaria muito que você o atendesse, mas a decisão é unicamente sua, está bem?

O outro respondeu com um meneio de cabeça e, antes de encerrar a conversa, Afrânio a conduziu para um assunto mais prático:

— Teobaldo, seus documentos estão em dia?

— Sim. Apesar das dificuldades que tenho enfrentado, mantenho meus documentos todos certinhos e bem guardados. Por quê?

— Porque um dos trabalhadores de nossa Casa é funcionário de uma agência da Caixa Econômica. Se você quiser, posso pedir a ele que lhe abra uma conta poupança, para que o seu dinheiro fique mais seguro, longe dos ratos e dos ladrões. Além disso, ainda vai lhe render um jurinho.

— Ah, eu fico muito agradecido, seu Afrânio – Teobaldo respondeu animado. — Mas faz tempo que não entro em um banco e...

— Não se preocupe com isso. Vou lhe dar o endereço da agência e o nome do rapaz que você deve procurar. Ele estará lhe esperando. Leve os documentos e o dinheiro, mas tome cuidado para não ser roubado no caminho.

Os dois se despediram. Teobaldo chamou os filhos e, juntos, foram para a precária moradia sob o viaduto. Enquanto seguiam, ele pensava em silêncio sobre tudo o que ouvira naquela manhã. Estava bastante intrigado e a pergunta que não queria calar ficava dando voltas em sua mente: como Afrânio ficara sabendo do conteúdo da conversa que ele tivera em sonho com Adelaide?

E toda aquela novidade fez com que seu fim de semana fosse de recolhimento e muita reflexão. Na segunda-feira, Teobaldo resgatou as economias do esconderijo e as levou à agência bancária. O rapaz de quem Afrânio falara abriu a conta na qual o dinheiro foi depositado, deixando o coletor de material reciclável bem mais tranquilo nesse sentido.

Seguindo a orientação de Afrânio e, com isso, tendo a agradável sensação de estar cumprindo uma promessa feita a alguém muito querido, Teobaldo passou a frequentar o Centro Espírita juntamente com os filhos e, aos poucos, a vida daquela família foi se tornando menos complicada.

Submetidos à assistência espiritual, Teobaldo encontrou fortalecimento para seguir firme em seus propósitos; Irene, livre das importunações de Ritinha, e recebendo as energias curadoras daquele verdadeiro hospital espiritual, passou a ter um comportamento mais tranquilo e se desenvolveu intelectualmente, demonstrando notável sabedoria e amadurecimento.

Por meio de uma eficiente assistência magnética, Miguel teve os dedos das mãos curados e acabaram também aqueles movimentos involuntários no pescoço, já que a origem desses males era fruto da imantação das energias nocivas angariadas ao longo dos quase dois séculos em que estivera enleado às emanações deletérias que se desprendiam do doentio campo mental de Berenice e que encontraram perfeita ressonância na também desajustada atmosfera psíquica projetada pelo rapazinho, completamente dominado pelo sentimento de culpa e por um remorso avassalador.

Agora, sem a presença da moça desencarnada a sugar-lhe boa parte da energia vital, Miguel se desenvolveu fisicamente, ganhando massa muscular e começando a se transformar em um belo rapaz. Para alegria de Adelaide, o Centro Espírita dirigido por Afrânio se tornou um lugar sagrado para aquela família.

Capítulo 22

Bênçãos de libertação

Na prática do perdão, como, em geral, na do bem, não há somente um efeito moral: há também um efeito material.

ESE – Cap. 10 – item 6

Passados seis meses na cronologia terrena, desde o momento em que fui levado por Adelaide a conhecer os seus familiares, tivemos novo reencontro no Centro Espírita. Ela estava especialmente feliz naquela noite e me recebeu com muita alegria.

— Que bom que esteja aqui, meu amigo! Assim poderemos compartilhar um momento importante na vida de meu marido e de meus filhos.

— Percebi suas vibrações mentais a me chamarem e vim imediatamente – respondi com alegria.

Embora houvesse me afastado de Adelaide para cuidar de atividades que exigiam um pouco mais de dedicação, permaneceu entre nós uma forte conexão mental. Eu havia me interessado bastante por sua história e precisava saber que desfecho (ainda que temporário) teria o destino daquelas almas.

Os trabalhos haviam ocorrido de forma rotineira naquela noite no Centro Espírita e, mais uma vez, o marido de Adelaide lá estava com Miguel e Irene. Quando os três estavam indo embora, Afrânio chamou Teobaldo a uma sala reservada e apresentou-lhe um homem de aproximadamente cinquenta anos, de aspecto bondoso e bastante simpático.

— Teobaldo, este é o Jorge. Além de ser um grande amigo, ele é um dos colaboradores que fazem generosas contribuições para o trabalho assistencial que desenvolvemos aqui. O Jorge é proprietário de um supermercado e doa grande parte dos alimentos e do material de higiene pessoal que utilizamos no atendimento às pessoas carentes.

— Muito prazer, senhor Jorge – Teobaldo disse, estendendo humildemente a mão ao homem que acabara de conhecer.

— O prazer é meu – o outro retribuiu ao cumprimento com um sorriso efusivo e foi direto ao assunto: — Teobaldo, eu possuo um pequeno sítio, onde cultivo algumas frutas e hortaliças que vendo em meu comércio.

E Jorge explicou que a propriedade ficava a cerca de setenta quilômetros da capital, na zona rural de uma pequena cidade, onde ele costumava ir duas ou três vezes por mês para buscar os produtos colhidos.

— Quem tomava conta da propriedade era um caseiro e a família dele, que eram de minha inteira confiança – disse o comerciante. — Acontece que esse homem acabou de herdar uma propriedade em sua terra natal e foi embora. Até o momento, não encontrei ninguém que preenchesse os requisitos necessários para substituí-lo. Então andei conversando sobre esse assunto com o Afrânio e ele me falou a seu respeito, garantindo-me que você é a pessoa ideal para substituir o empregado que se demitiu.

Ouvindo isso, Teobaldo chegou a sentir um aperto no peito, tamanha foi a emoção que o envolveu. Nos últimos meses andara se esforçando para conseguir a tão sonhada casinha para onde levaria os filhos, mas descobriu, decepcionado, que com a quantia que conseguira economizar era impossível adquirir moradia em um local minimamente seguro.

— Eu sei que você é viúvo, que tem um casal de filhos, que está momentaneamente sem um lugar fixo para morar e, se o Afrânio me diz que você é de confiança, para mim é mais do que suficiente para acreditar – Jorge prosseguiu. — Talvez não tenha muita experiência com as atividades em uma propriedade rural, mas pode ser também que esteja disposto a aprender. Então, caso aceite a proposta, além de uma boa casa para morar com seus filhos, você receberá salário e poderá cultivar hortas e criar víveres para o consumo de sua família...

Teobaldo interrompeu a fala do homem com uma reação inesperada. Aproximou-se dele e disse com os olhos banhados de lágrimas:

— É claro que eu aceito, senhor Jorge! E garanto que farei de tudo para não decepcioná-lo. Nasci no interior, fui criado na roça, e tenho boa noção de como cuidar de um sítio. O que eu não souber, pode ter certeza de que vou me esforçar para aprender bem rápido. Trabalho pesado nunca me desanimou.

— Nesse caso, vamos começar amanhã mesmo a providenciar a sua mudança – Jorge falou bastante animado com o entusiasmo de Teobaldo.

— Não temos nada para levar, a não ser uma pequena trouxa de roupas – o coletor de material reciclável falou um pouco sem graça.

— Nesse caso é ainda mais fácil – Jorge respondeu sorrindo para quebrar o clima de constrangimento. — Prepare seus filhos. Amanhã, logo depois do almoço, eu os levo de carro para o sítio. Onde devo apanhá-los?

Antes que Teobaldo respondesse, Afrânio se adiantou:

— Por que não os pega aqui mesmo, no Centro Espírita?

— Por mim está ótimo – o coletor de material reciclável falou mostrando-se aliviado.

Ocorre que Teobaldo teve receio de dizer que estava vivendo em situação de rua e, com isso, pôr tudo a perder. Em vários momentos ele e os filhos enfrentaram ações discriminatórias devido à condição em que viviam. Porém Afrânio havia sido bastante sincero com o comerciante, que ficara sabendo de toda a história daquele homem, mas que nada dissera para não constrangê-lo ainda mais.

— Então está combinado – Jorge disse apertando a mão de Teobaldo. — Amanhã, por volta do meio dia, eu passo aqui para pegá-los.

Ainda não conseguindo acreditar no que estava acontecendo, bastante comovido, Teobaldo olhou para Afrânio que o acolheu em um abraço e disse:

— Meu querido amigo, lembra-se de eu ter lhe dito que quando nos libertamos das amarras obstrutivas das obsessões espirituais a vida flui com muito mais leveza? Agradeçamos a Deus pelas bênçãos que Ele tem derramado sobre a sua família e continuem fazendo por merecê-las!

— Deus lhe pague, senhor Afrânio, por confiar em mim e por me indicar ao seu amigo – Teobaldo disse com sincero sentimento de gratidão! — É com muita alegria que aceito o que estão me oferecendo e prometo que não vou decepcioná-los.

Assim que se despediram, Teobaldo, ansioso para contar a novidade aos filhos, foi ao encontro deles que o aguardavam à saída do Centro.

— Por que demorou tanto, pai? – Irene perguntou bocejando, cheia de sono.

— Porque tenho uma notícia maravilhosa para lhes dar – ele respondeu com um largo sorriso.

— Já sei – Miguel falou animado. Era impressionante como sua voz mudara naqueles seis meses, fluindo agora com clareza e robustez. — O senhor conseguiu uma casinha para nós morarmos.

Teobaldo o olhou curioso.

— Como sabe disso? Por acaso ouviu a conversa?

— Não – o rapazinho respondeu. — Fiquei o tempo todo aqui fora com a Irene.

— Então como é que sabe sobre o que conversamos?

A menina, que acompanhava a conversa do irmão e do genitor sem entender nada, colocou as duas mãos na cintura e perguntou:

— Afinal de contas, pai, o Miguel acertou ou não?

— Sim, meus filhos. Amanhã mesmo vamos para a nossa nova casa.

— Oba! – Irene gritou, saltando nos braços do pai e cobrindo-lhe o rosto de beijos.

Miguel também se aproximou e, mesmo timidamente, juntou-se àquele abraço.

— Você ainda não me disse como soube que iríamos morar em uma nova casa – Teobaldo, intrigado, voltou a questionar o filho.

O rapazinho o encarou para não deixar dúvida de que estava sendo sincero ao dizer:

— Sonhei com a mamãe a noite passada e ela me disse que em breve iríamos para um sítio e que teríamos uma boa casa para morar.

A fala de Miguel foi seguida de um profundo silêncio, até que Irene começou a fazer várias perguntas sobre a nova casa. Queria saber se haveria um quartinho só para ela, se teria uma cama com colchão macio, lençóis e cobertores...

E, bastante felizes com aquela importante novidade, os três se dirigiram ao viaduto sob o qual passariam sua última noite dormindo em situação de rua.

Acompanhando aquela cena, fiquei pensando na quantidade imensa de encarnados cuja vida não evolui de modo satisfatório nas questões afetivas, em casos de enfermidades recorrentes, nas instabilidades financeiras, nos vícios de que não conseguem se libertar... Pessoas cuja existência no plano material mais parece um carro em um atoleiro.

É certo que muitas vezes esses problemas são frutos do comportamento equivocado do próprio encarnado, ou são decorrentes das provações impostas ou escolhidas por ele. Entretanto, não há também como negar que a influência negativa de Espíritos obsessores, que sentem grande prazer em ver seus inimigos do passado o tempo todo amargando derrotas físicas e morais, podem provocar ou agravar esses fatores probatórios, como no caso de Teobaldo.

Captando minhas reflexões, Adelaide falou:

— É uma pena que, enquanto encarnados, duvidemos tanto das influências espirituais em nosso cotidiano e nos recusemos a buscar esclarecimentos e auxílio a esse respeito. Quanto sofrimento poderia ser evitado se déssemos maior credibilidade às palavras de Jesus e dos profetas que, de tempos em tempos, revestem-se de um corpo físico para nos instruir sobre a existência do mundo espiritual com suas leis imutáveis, e sobre o intercâmbio entre "vivos e mortos" podendo se reverter em bênçãos ou em dissabores para quem estagia num orbe de provações como a Terra.

Concordei com ela e acrescentei:

— E que bom existirem pessoas que desenvolvem honrosos trabalhos como o do Afrânio. Pessoas esclarecidas que sabem que, se tratarmos como criminosos irrecuperáveis os Espíritos que se tornaram devedores porque em algum momento se deixaram levar por suas fraquezas morais; ou aqueles que se tornaram endurecidos por terem sido prejudicados, mais difícil será reconduzir esses irmãos em desajuste temporário ao indispensável caminho da reconciliação.

Adelaide moveu a cabeça positivamente e, depois de um breve silêncio, perguntou:

— Basílio, Já que você está aqui, não gostaria de ver como estão os ex-perseguidores desencarnados de meus familiares?

— Perfeitamente – respondi.

Na verdade, já havia pensado em visitá-los e o convite de minha amiga viera mesmo a calhar.

Capítulo 23

Oportunas visitas

Assim é aquele que, tendo feito mal a sua tarefa, pede para recomeçá-la, a fim de não perder as vantagens do seu trabalho.

ESE – Cap. 5 – item 8

O ambiente no qual Ritinha fora acolhida meses atrás já não era o mesmo. As crianças que brincavam festivamente, a campina de relva baixa, os raios amenos de sol, a brisa suave a provocar sutis movimentos nas florezinhas campestres e todos os demais componentes que tornavam a paisagem deslumbrante foram substituídos por um cenário bem menos aprazível.

Agora, sobre um solo arenoso, no qual se distribuíam esparsas moitas de ervas espinhentas e árvores estéreis de pequeno porte e folhas amarelecidas, notava-se um céu cinzento, sem sol e sem nuvens. Não havia borboletas nem pássaros ali. A atmosfera era abafada e o vento, que vez ou outra varria a planície, espalhava enfadonho murmúrio acompanhado de um bafejo morno e desconfortável.

Em vez da menina ingênua e emocionada que ali deixamos, encontramos sentada no solo áspero, recostada ao tronco torto de uma daquelas arvorezinhas quase sem folhas, mergulhada em profundas reflexões, uma senhora de pele branca, cabelos loiros e olhos muito claros.

Confesso que custei a acreditar que aquela mulher, de aspecto tão diferente, fosse a menina-escrava que ali havíamos deixado, sob os cuidados da benfeitora Mariângela.

Percebendo a minha surpresa, Adelaide falou:

— Compreendo o seu espanto, meu amigo. Se eu não estivesse acompanhando essa transformação que ocorreu gradativamente ao longo desses meses, também duvidaria de que essa senhora que aí está seja a Ritinha.

Nesse momento, Mariângela se aproximou de nós e, depois de nos cumprimentar amavelmente, falou:

— Que bom que vieram, meus amigos! Embora esteja profundamente ensimesmada, nossa irmã consegue captar as energias salutares de suas presenças e isso, sem dúvida, ameniza o desconforto causado pelas incômodas reflexões em que se enleia diuturnamente.

E Mariângela contou que, em várias encarnações consecutivas, o Espírito que revestira o corpo de Ritinha em sua última experiência terrena fora uma alma presunçosa, orgulhosa ao extremo e que reagia com violência quando aconselhada a repensar suas atitudes.

Desse modo, cometeu vários crimes, prejudicou muita gente, acumulou inimigos e só passou a se dar conta dos equívocos cometidos quando foi afetada por graves enfermidades físicas e pelo sentimento de perda de pessoas que passaram a ter importância em sua vida.

Ao fim de cada período reencarnatório, de volta ao plano espiritual, só encontrava solidão, tristeza e as dores cruciais do abandono. Nenhuma relação afetiva criada por ela era forte o bastante para sobreviver à transição de um plano para outro. Assim, ainda que conseguisse conquistar algum afeto no plano da matéria, na dimensão do Espírito sua vida era sempre solitária e triste.

Em sua última passagem pela erraticidade, enquanto refletia sobre os tantos erros cometidos na reencarnação que antecedeu mais um decepcionante regresso à pátria de origem, entregue à dor da desolação, pediu a Deus uma experiência probatória que a fizesse dar largos passos rumo à evolução moral. Desse modo, por sua própria vontade, deveria reencarnar com a pele negra e enfrentar as agruras da escravidão.

Entretanto, uma vez reencarnada nas condições propostas, e mergulhada na lei do esquecimento, não conseguiu conter os impulsos da personalidade orgulhosa que durante tanto tempo lhe dominara. Revoltou-se contra os seus senhores, principalmente contra Irene, que tinha poderes ilimitados sobre ela.

Por esse motivo, vivia procurando meios de se vingar em função das ordens que recebia para fazer tarefas consideradas indignas, como cuidar do urinol da sinhazinha. Invejava a condição de Irene e faria qualquer coisa para estar no lugar dela. Foi isso que despertou a antipatia da filha de Teobaldo em relação a ela, pois Irene era também um Espírito orgulhoso e prepotente em busca de redenção, mas ainda naquele momento com muita dificuldade para vencer suas más inclinações.

Assim, deixando-se dominar pela maldade existente em sua natureza, a filha de Teobaldo criou muitas desavenças entre elas e terminou por inventar a fatídica história do sumiço do anel, cujo desfecho já foi relatado nos capítulos iniciais desta narrativa.

Depois de desencarnada, Ritinha andou perdida, vagando pelas dimensões espirituais da fazenda onde fora escrava e enfrentou um período de grande confusão mental em que esteve dominada por um ódio inquietante.

Aos primeiros eflúvios de consciência que a convocavam à sensatez, a menina desencarnada se deparou com Porfírio, que acabara de deixar o corpo físico naquele covarde assassinato, e que chegou a ela por meio da lei de atração que os colocou em perfeita sintonia.

Incentivada agora pelo desejo de vingança do amigo que a havia amparado nos momentos cruciais de sua desencarnação, Ritinha sofreu uma recaída. Embora a consciência a estimulasse a buscar o caminho do perdão e da paz, havia uma espécie de imposição inconsciente que a obrigava a ficar ao lado de Porfírio e a seguir as suas orientações.

Juntos, arquitetaram e colocaram em prática os fenômenos espirituais que induziram o fazendeiro e sua filha àqueles delírios que os levaram às trágicas desencarnações de que foram vítimas. O acesso ao campo psíquico de seus desafetos foi facilitado pelo processo da hipnose, que Porfírio sabia dominar de modo satisfatório.

Foi assim que Ritinha permaneceu ao lado do ex-escravo, sem se dar conta de que o tempo urgia e de que tinha voltado a cometer os mesmos erros do passado; os mesmos equívocos que prometera a si mesma superar.

Depois de ser acolhida por Mariângela e de passar um breve período no festivo ambiente que ali encontrara, Ritinha começou a ser cobrada pelas leis divinas gravadas em sua consciência e, mergulhada em profundas reflexões, viu despertar em si a realidade da vida, compreendendo por fim não ter sido apenas uma pobre e incauta vítima da maldade alheia.

Viu também que dera à Irene motivos para ser maltratada; aliás, instigara na filha de Teobaldo o afloramento de suas más tendências. Ambas eram muito parecidas e, embora enfrentando provações bem diferentes – uma por meio da riqueza e outra por meio da pobreza e do cativeiro – contribuíram reciprocamente por seus declínios morais. À medida que refletia, sua estrutura perispiritual se modificava, assumindo a aparência da mulher presunçosa, cuja personalidade lhe era bem mais familiar.

— Somente aqui, neste desterro de solidão e silêncio, livre das influências de Porfírio, ela conseguiu mergulhar em si mesma e se deparou com a dura realidade de não ter aprendido quase nada nos poucos anos em que esteve reencarnada como escrava, nem nesses quase dois séculos de inútil e tola perseguição obsessiva àquela que foi eleita sua inimiga – Mariângela completou a informação, dizendo que tinha uma antiga ligação afetiva com aquele Espírito e se propusera auxiliá-lo em seus complicados estágios no plano material.

— Como podemos ajudá-la neste momento? – perguntei compadecido.

— Emitindo vibrações de amor fraternal à nossa irmã e deixando-a refletir bastante sobre o passado. Somente assim poderá ser definido o tipo de provação a que ela deverá ser submetida na próxima experiência na carne – Mariângela respondeu. — A introspecção é um dos mais importantes objetivos de se estar na erraticidade, porque ajuda o Espírito a definir os próximos passos de sua jornada.

— Não poderíamos conversar com ela? Incentivá-la a não desistir? – Adelaide questionou, tão comovida quanto eu.

— Interromper o mergulho que ela faz em si mesma nesse momento seria prestar-lhe um desserviço – a benfeitora explicou com um sorriso triste. — Deixemos nossa irmã com suas reflexões e venham visitá-la sempre que desejarem. Vocês serão muito bem-vindos aqui!

Despedimo-nos de Mariângela. Saímos dali conversando a respeito do que havíamos testemunhado e concluímos que, não importa o quanto julgamos ter adquirido de conhecimento, as experiências da vida humana sempre nos reservam grandes surpresas e novos aprendizados.

Em visita a Porfírio, fomos atendidos por Ambrosina. A mulher nos disse que ele se encontrava em um período de recolhimento, tendo sido induzido ao sono para que suas estruturas psíquicas se reequilibrassem.

— Depois de socorrido naquele Centro Espírita, Porfírio passou a alternar momentos de calmaria com outros de profunda inquietação – ela explicou. — Durante essas crises, ameaçava voltar para junto de Teobaldo a fim de continuar a perturbá-lo, pois todo aquele tempo de perseguição implacável tornou-se uma espécie de vício do qual encontrava dificuldade de se libertar. Quando estiver mais equilibrado, ele será despertado para que sejam definidos em que termos ocorrerá a sua próxima reencarnação.

— Ele deverá reencarnar no ambiente familiar de Teobaldo? – Adelaide perguntou.

— Com certeza – disse Ambrosina –, mas não necessariamente na próxima reencarnação. Fui orientada de que talvez seja sensato manter os dois afastados por um tempo e que a convivência entre eles só venha a ocorrer bem mais à frente. Afinal, Deus, nosso Pai e Criador, é tão amoroso que não nos obriga a resolver todos os problemas de uma só vez, não é mesmo?

Concordamos com as sábias palavras daquela mulher que, contrariamente ao parceiro de transgressões do passado, conseguira se manter firme diante das provações e galgara importantes degraus em sua escalada evolutiva, estando agora em perfeitas condições de ajudá-lo a seguir seus passos.

Pudemos ver Porfírio, que mais parecia um paciente em coma induzido. O aspecto de seu semblante era sereno, livre das marcas tenebrosas provocadas pelo ato violento de sua desencarnação. Restou-nos, mais uma vez, emitir vibrações de paz e amor incondicional àquele pobre irmão e envolvê-lo calorosamente em nossas preces.

O que nos deixou felizes e agradecidos foi ver que tanto Ritinha quanto Porfírio estavam sendo cuidados por benfeitores que os amavam muito e que, com certeza, seriam de vital importância para o reinício de seus desafios reencarnatórios.

Antes de empreendermos visita à Berenice, alguém se juntou a nós. Tratava-se de Miguel que, em desdobramento, costumava ser levado por Adelaide à presença da moça, conforme fora prometido a ele por ocasião do resgate dela.

Adelaide fazia questão de estar presente a esses encontros para evitar que o rapazinho tivesse uma recaída e voltasse a ser dominado pelo sentimento de remorso que o mantivera aprisionado ao campo mental de sua vítima por tanto tempo.

Entretanto, com a assistência auferida no Centro Espírita, Miguel se mostrava bem mais seguro de si e acreditava que a única forma de ajudar Berenice a vencer o trauma era agindo com sensatez, segurança e maturidade.

Berenice não havia mudado muito desde que fora entregue aos cuidados das benfeitoras que à época se apresentaram como enfermeiras. Naturalmente tinha um aspecto mais saudável e asseado, usando roupas limpas e confortáveis. Porém, embora estivesse um pouco mais lúcida, demonstrava ainda claros sinais de desarmonia psicoemocional, agindo como uma criança que tenta engatinhar, ensaiando seus primeiros movimentos.

As duas atenciosas moças mantinham-se bem próximas a ela e, assim que nos viram, deram-nos as boas-vindas.

— Como está nossa irmã? – Adelaide perguntou.

— Reagindo aos poucos – respondeu uma delas. — Sabemos que é um processo demorado e que somente se consolidará no plano material, por meio de uma nova reencarnação, quando a ação da lei de esquecimento irá contribuir com o reajuste de sua estrutura emocional.

— E quando ela irá reencarnar? – Miguel perguntou com voz triste.

— Ainda não sabemos – disse a benfeitora. — Mas o ideal é que não demore muito.

Ao ouvir a voz do rapaz, Berenice teve uma reação surpreendente. À semelhança de um bebê que pede colo a alguém muito querido, estendeu os braços na direção dele ao mesmo tempo em que grossas lágrimas inundaram-lhe os olhos entristecidos.

Miguel olhou para Adelaide e disse:

— Mãe, eu quero muito ajudar a Berenice a sair desta situação. Como posso fazer isso?

A genitora apoiou a mão no ombro dele e falou encarando-o com ternura:

— Não tenho certeza, Miguel. Mas peça a Deus que o ajude a encontrar um meio de auxiliá-la. Berenice deverá ter uma reencarnação complicada. Será uma pessoa traumatizada pela decepção e dependerá de muito amor, dedicação e paciência para se reajustar emocionalmente.

— Pois eu darei todo o amor do mundo, se puder ajudá-la – o rapazinho falou com convicção.

— Diga isso a Deus, meu filho! Peça a Ele que lhe conceda essa bênção.

E Miguel também ficou com os olhos banhados de lágrimas ao dizer:

— Farei isso, mãe! Pedirei a Deus que me conceda esse privilégio e prometo que vou fazer de tudo para reconquistar o amor e a confiança de Berenice.

Capítulo 24

Gestação e aborto

Quando se trata de remontar dos efeitos às causas, a reencarnação surge como de necessidade absoluta.

ESE – Cap. 4 – item 17

É uma ensolarada manhã de domingo quando alguém bate palmas à porteira do sítio. Em meio às árvores frutíferas que cercam a casa que Teobaldo e seus filhos ocupam há quase uma semana, periquitos e maritacas fazem grande algazarra. Nas imediações da propriedade existem apenas mais oito residências ocupadas por pessoas bastante simples, sendo a maioria pequenos agricultores.

No decorrer daqueles dias, a pedido de Jorge, um vizinho chamado Wilson estivera no sítio e colocara Teobaldo a par de todas as tarefas que precisavam ser desempenhadas ali. Wilson, que também era viúvo, tinha uma filha de vinte anos chamada Iracema. Ele possuía uma chácara bem próxima ao sítio e costumava prestar serviços esporádicos para os sitiantes da região, principalmente no período em que os trabalhos se tornavam mais avolumados em decorrência das colheitas. Sujeito educado e conversador, conquistou em pouco tempo a amizade de Teobaldo.

— Meu amigo – Wilson disse durante uma daquelas conversas –, se você concordar, eu posso trazer a minha filha aqui, no domingo. Ela é muito prendada na cozinha e vai ensiná-los a fazer umas comidas saborosas com o que se colhe neste sítio. O que você acha da ideia?

Teobaldo concordou de imediato. Por isso, pai e filha lá estavam naquela manhã. Iracema era uma moça bonita e, assim como o genitor, bastante comunicativa. Logo conquistou a amizade de Irene. Porém, ao se deparar com Miguel, teve despertado em seu coração um sentimento bem mais efusivo do que amizade.

Embora agindo discretamente, por sua natureza retraída, o rapaz, que era quase três anos mais novo do que a filha do vizinho, também se sentiu bastante atraído por ela.

A vida seguiu de modo bem mais tranquilo para Teobaldo e seus filhos depois da mudança para o sítio. Parte do dinheiro que ele havia depositado no banco foi usada para lhes proporcionar um pouco mais de conforto na nova moradia e o restante continuou aplicado para ser usado em caso de futuras necessidades.

Irene retomou os estudos interrompidos, já que um micro-ônibus da prefeitura transportava gratuitamente as crianças daquela região até a escola, na cidade, que ficava a cerca de seis quilômetros. Ela crescia sob a vigilância constante do pai, pois às vezes, deixando-se dominar pelas más inclinações enraizadas em sua natureza, tinha rompantes de malícia e tecia comentários depreciativos em relação aos colegas.

Um dia, ela disse:

— Meu Deus, pai! A Marcela hoje foi à escola parecendo um espantalho com aquela roupa remendada. E a Tânia é muito burrinha! Tirou uma nota tão baixa na prova que até chorou...

Teobaldo, agindo sob a influência de aguçada intuição, olhou seriamente para a menina e falou:

— Filha, não se esqueça da situação de miséria em que nós vivemos até bem pouco tempo. Se não fosse pela piedade de pessoas como o senhor Afrânio e o senhor Jorge, ainda estaríamos vivendo embaixo daquele viaduto. Os pais da Marcela devem estar passando por dificuldades financeiras para que ela esteja usando roupas remendadas. Quanto à Tânia, se ela tem tanta dificuldade para aprender, por que você não a ajuda nos estudos em vez de criticá-la?

Irene baixou a cabeça e ficou pensativa. No dia seguinte, doou algumas peças de roupa à vizinha chamada Marcela e se ofereceu para ajudar Tânia nas lições de casa.

Sem diminuir o amor que nutria pelos filhos, Teobaldo demonstrava ter aprendido a amarga lição imposta pelo sofrimento e, em vez de incitar-lhes o orgulho, o egoísmo e a presunção, apontava-lhes o caminho da solidariedade e do amor ao próximo.

Às vésperas de completar dezoito anos, Miguel se tornara um rapaz robusto e bastante trabalhador. Em vez de retomar os estudos, como fizera a irmã, preferiu se dedicar às atividades rurais e, assim como o pai, foi contratado para trabalhar no sítio.

Uma vez por mês, Teobaldo embarcava em um ônibus que passava próximo à propriedade, no percurso para a capital, e levava os filhos para assistência no Centro Espírita. Ali eram recebidos carinhosamente por Afrânio e tinham – ainda que sem perceberem com clareza – um contato mais próximo com Adelaide que seguia orientando-os, principalmente no ambiente acolhedor daquela nobre instituição.

Um ano se passou e agora já não era novidade para ninguém que Miguel e Iracema andavam de namoro, embora não houvessem assumido abertamente a relação. Porém, mesmo em silêncio, todos aprovavam com gosto aquele relacionamento, até porque Teobaldo e Wilson tornaram-se amigos inseparáveis e Irene tinha um carinho especial pela futura cunhada.

Um dia, Miguel chamou Teobaldo para uma conversa reservada e, demonstrando certo nervosismo, disse:

— Pai, eu acho que fiz uma grande besteira.

Teobaldo sentiu um frio na espinha, com a sensação de ter ouvido aquela expressão pela boca do filho em outro momento de sua vida.

— Besteira? Com assim, meu filho? O que você fez?

— Bem... O senhor já deve ter desconfiado que eu e a Iracema nos gostamos...

— Sim. Na verdade, todo mundo sabe. Mas o que isso tem a ver com o fato de você ter feito uma besteira?

— É que eu... Bem... A Iracema está grávida.

— Grávida? Mas foi consensual? Ela lhe deu ousadia para isso? – Teobaldo repetia as mesmas palavras usadas quase dois séculos atrás e não conseguia entender porque a conversa com o filho o deixava tão apreensivo.

— Sim, meu pai. Foi uma coisa que nós dois quisemos. E não nos arrependemos do que está feito. O único problema é que estamos com medo de contar isso para o senhor Wilson. Não sabemos como ele vai reagir... A Iracema disse que o pai é muito conservador quando se trata de assuntos familiares.

Um pouco mais aliviado, ao perceber que a atitude de Miguel tivera mais de precipitação do que de "besteira", e que não se referia à consecução de nenhum ato criminoso, Teobaldo disse:

— Ora, meu filho, se vocês tiveram coragem para criar o problema, arranjem coragem para resolvê-lo. Enfrentem o homem, falem com ele...

— Poxa, pai, eu ia pedir para o senhor fazer isso...

— Eu? De jeito nenhum! O problema é de vocês e são vocês que devem resolver.

— Mas o senhor poderia ao menos estar junto quando eu for falar com o senhor Wilson?

Teobaldo assentiu com um movimento de cabeça e respondeu:

— Sim. Isso eu posso fazer.

Miguel suspirou mais tranquilo.

— Ah, isso já ajuda bastante, pai. Muito obrigado!

A conversa entre Miguel e o pai de Iracema, ocorrida em um fim de tarde, na varanda da casa de Wilson, foi tensa. Inconformado com a atitude da filha e de seu namorado, ele foi incisivo:

— Eu estou muito decepcionado com a atitude de vocês. Além de estarem namorando às escondidas, ainda me arranjam essa gravidez irresponsável.

Sem coragem de encarar o genitor, Iracema se manteve de cabeça baixa enquanto tentava remediar a situação.

— Mas, pai, o Miguel vai assumir a paternidade. Nós vamos nos casar...

— Casar? – Wilson falou quase gritando. — O Miguel não passa de um garoto que ainda está dando os primeiros passos na vida. Como vai assumir o compromisso de manter uma família?

— Um momento, seu Wilson – o rapaz interveio mostrando-se ofendido. — Não sou apenas um garoto. Já sou maior de idade, trabalho duro e tenho condições de sustentar família, sim senhor.

Em vez de responder a ele, o pai de Iracema se dirigiu a Teobaldo que até então não havia interferido no diálogo:

— Olha, meu amigo. Em consideração à nossa amizade, eu posso até relevar essa afronta e aceitar o casamento entre os nossos filhos. Mas não quero que a Iracema seja mãe solteira.

— Ela não será – Teobaldo finalmente entrou na conversa. — Quando a criança nascer, eles já estarão casados...

— E eu terei um neto nascido de quatro ou cinco meses? Vou virar motivo de chacota para esse povinho fofoqueiro daqui? De jeito nenhum! Se esses dois quiserem arranjar gravidez, terão de fazer isso depois de casados.

— E o que o senhor sugere? – perguntou Miguel, preocupado e curioso ao mesmo tempo.

— Essa criança que a Iracema está esperando; ou melhor, esse feto terá de ser jogado fora.

Um pesado silêncio sequenciou as palavras determinantes de Wilson. Porém Teobaldo, lembrando-se de ter ouvido importantes orientações sobre a prática do aborto no Centro Espírita, perguntou:

— Mas isso não será pecado? Há quem diga que aborto é assassinato. Inclusive, é contra a lei...

— Pecado? Assassinato? Contra a lei? – Wilson repetiu os questionamentos com certo desdém. — Ora, meu amigo, ninguém será morto aqui. Estaremos apenas jogando fora um embrião que poderá ser substituído no futuro. Além disso, as leis que esse povo cria, obrigando as mulheres a terem filhos indesejados, só servem para encher o mundo de miseráveis.

Embora em dúvida quanto ao ponto de vista de Wilson, Teobaldo viu alguma sensatez naquela proposta. Afinal, Miguel e Iracema eram muito jovens e poderiam ter quantos filhos quisessem depois de casados. O casal também aquiesceu em silêncio. O fato de Wilson aceitar o casamento já os deixava satisfeitos e, referindo-se à questão do aborto do modo desdenhoso como ele o fizera, o ato parecia mesmo insignificante.

Então ficou combinado que Miguel e Iracema deveriam procurar alguém que pudesse, clandestinamente, realizar o aborto. Somente depois disso voltariam a conversar sobre o casamento.

— E, enquanto isso, nada mais de intimidades, hein! – advertiu Wilson bastante contrariado, finalizando o assunto.

Naquela noite, Teobaldo custou a pegar no sono e, quando o fez, projetou-se imediatamente do corpo. Adelaide, preocupada, o esperava para conversarem.

— Meu querido, você não pode permitir que Miguel e Iracema abortem o feto em gestação. É por meio daquele corpinho que está se formando que Berenice irá reencarnar junto de nosso filho. Esse foi um pedido que Miguel fez e que foi atendido por Deus.

— E você já falou com ele sobre isto? – Teobaldo perguntou, preocupando-se também.

— Sim. Várias vezes. Mas o Miguel tem andado muito apreensivo com o que está acontecendo. Ele vem aqui durante o sono físico, visita a Berenice, promete que irá recebê-la como filha, mas se esquece de tudo assim que acorda no corpo físico. A necessidade de ceder à imposição do futuro sogro, para manter um bom relacionamento familiar, tem sido prioridade em sua mente.

Teobaldo franziu a testa.

— Eu sabia que havia algo errado por trás dessa infeliz ideia do Wilson. O que vai acontecer se houver aborto? Berenice não poderá reencarnar em outro momento? Em uma nova gravidez?

— Não sabemos – Adelaide respondeu. — Quem garante que Iracema irá engravidar novamente, depois de ser submetida a um procedimento que poderá causar graves lesões em seu órgão reprodutor? Além disso, Berenice poderá se revoltar e entrar novamente em processo de desequilíbrio emocional. Ela já se encontra vinculada por laços fluídicos ao feto e, consequentemente à futura mãe.

Olhando com firmeza para Adebaldo, ela pontuou:

— A possibilidade de voltar aos braços do Miguel, mesmo como filha, operou uma maravilhosa transformação no campo mental da sofrida Berenice. Em vez das regiões pantanosas por onde vagou durante tanto tempo, ela tem se mantido agora em paisagens iluminadas e aprazíveis do plano espiritual, onde experimenta sensações de paz, alegria e esperança. Sua estrutura perispiritual foi reconstituída e ela está linda como antigamente, aguardando o momento de reencarnar. Temo que a destruição do corpo que a abrigará possa lhe provocar uma lamentável recaída.

— Então eu vou ter de impedir esse aborto – Teobaldo falou, depois de refletir um pouco.

— Há uma grande possibilidade de você não se lembrar dessa conversa, quando despertar do sono físico – observou Adelaide. — Procure o senhor Afrânio o mais rápido possível e peça orientação a ele.

No dia seguinte, Teobaldo acordou com vontade de conversar com o dirigente do Centro Espírita, pois essa parte da conversa ficara gravada em seu subconsciente. Depois de pedir a Miguel que aguardasse um pouco antes de tomar qualquer atitude em relação ao aborto, embarcou no ônibus e dirigiu-se à capital paulista.

A Casa Espírita estava fechada, mas Teobaldo tinha o endereço do pequeno apartamento em que Afrânio morava e que ficava a duas quadras dali. Dirigiu-se para lá e foi recebido com alegria pelo amigo.

— A que devo a honra da sua visita? – Afrânio perguntou com o sorriso espontâneo de sempre, depois de convidá-lo a entrar e sentar-se.

Teobaldo explicou o que estava acontecendo e o dirigente espírita, depois de ouvi-lo em silêncio, explicou:

— Meu amigo, o aborto é algo realmente comprometedor. Como nada é por acaso no mundo, toda vez que ocorre a fecundação é porque já existe um Espírito vinculado ao corpo que está se formando. Esse Espírito normalmente possui laços afetivos de outras vidas com as pessoas que os conceberam, mas podem ser também desafetos que precisam reencarnar em um determinado núcleo familiar para buscarem a reconciliação em uma convivência mais estreita, quando estarão unidos por laços consanguíneos.

— O senhor acha que é o caso dessa criança que minha futura nora está esperando?

— Salvo raríssimas exceções, todos os casos de reencarnação em um plano de provações são assim mesmo, meu amigo! Veja bem, se nem uma folha cai do galho de uma árvore por acaso, por que Deus permitiria a gestação de um corpo sem que houvesse relevantes razões para isso? Não duvide de que há um Espírito vinculado ao feto que se forma no útero dessa moça e há uma grande probabilidade de que o Miguel e a Iracema tenham pedido para recebê-lo como filho.

— Então, se abortarem...

— Estarão impedindo que a alma designada para ocupar aquele corpo passe pelas provas da reencarnação. Normalmente esses casos provocam revolta ao Espírito reencarnante e, se já havia débitos morais entre ele e os que deveriam recebê-lo como filho, a tendência é agravar ainda mais a situação. Aliás, dependendo da condição moral do Espírito rejeitado, isso pode até desencadear processos de obsessão espiritual.

— Obsessão? – sobressaltou-se o pai de Miguel, lembrando-se de todas as dificuldades enfrentadas em sua vida por causa de obsessões espirituais e o quanto ela havia melhorado depois de se libertar daquelas invisíveis e poderosas amarras. — Preciso impedir que isso aconteça – falou com determinação.

Adelaide, que acompanhara aquela conversa bem de perto, estava um pouco mais aliviada, mas não totalmente tranquila ainda.

De volta ao sítio, Teobaldo procurou Wilson e, sem abordar o ponto de vista da Doutrina Espírita, uma vez que o pai de Iracema era bastante cético a respeito do conceito reencarnacionista, procurou convencê-lo a reconsiderar a exigência feita ao jovem casal, por meio de um discurso mais emocional.

— Não se pode corrigir um erro cometendo-se outro – ponderou, entre mais alguns argumentos inspirados por Adelaide, que se encontrava junto a eles. — Já pensou se acontecer algo ruim com a sua filha durante o procedimento do aborto? Você vai conseguir conviver com esse peso na consciência?

Além disso, meu amigo, nós somos viúvos e nossos filhos estão crescidos. Vai ser prazeroso compartilhar as algazarras de um netinho ou netinha correndo por aí, chamando-nos de vovô... Nossas vidas terão novo sentido e não precisaremos esperar muito tempo para que isso aconteça. Dentro de alguns meses, já teremos esse motivo de alegria a nos aquecer os corações...

As palavras ditas com sincera emoção tocaram o coração de Wilson, que silenciou refletindo bastante sobre tudo aquilo. Ele próprio já tivera conhecimento de moças que morreram ou que contraíram graves infecções em procedimentos de abortos ilegais, deixando sequelas irreversíveis, como a infertilidade.

Entretanto, incomodava-o a atitude de Miguel e Iracema. Ele era um homem orgulhoso, metódico e inflexível em alguns pontos. Desse modo, Teobaldo acabou indo embora sem ouvir qualquer resposta, mas nos dias seguintes àquela conversa, Wilson pediu aos jovens que providenciassem os trâmites para o casamento civil. Sobre o aborto nada mais foi dito.

Capítulo 25

Epílogo

Findando-se os dias da minha existência terrestre, esperarei, porque a ela voltarei novamente.

ESE – Cap. 4 – item 15

A cerimônia no cartório foi bastante discreta e circunscrita aos parentes mais próximos dos noivos. Iracema e Miguel estavam muito felizes, principalmente pelo fato de Wilson ter parado de pressioná-los a abortar o filho que estava a caminho. Os laços afetivos que atraíram aquele casal desde o primeiro momento em que se viram tornavam-se mais fortalecidos a cada dia.

É óbvio que eles não tinham como saber, mas Wilson era a reencarnação de José (o comerciante desonesto de Portugal que fora irmão de Teobaldo naquela encarnação) e Iracema era a reencarnação de Carlota (a prima com quem Miguel fora casado por três anos).

Na última noite que passaram juntos naquela oportunidade, penalizada com o sofrimento do marido, Carlota prometera ajudá-lo a conquistar a paz de que tanto necessitava, ao confessar para o padre, aos prantos e à beira da morte física, os graves crimes cometidos no Brasil.

Agora, tendo o casal se reencontrado, a moça instintivamente cumpria o prometido, acolhendo em seu ventre a vítima das atitudes insanas de Miguel, para que os dois tivessem a oportunidade de buscar a reconciliação por meio da convivência em família.

Passados alguns meses, Iracema deu à luz uma menininha linda a quem deram o nome de Jaqueline. Ao pegar no colo a filha pequenina, com seus cachinhos ruivos e o rostinho miúdo, de pele rosada, Miguel, tomado por uma emoção indescritível, teve uma crise de choro que só muito a custo conseguiu conter.

Assim funciona o sagrado benefício da reencarnação, agindo para que, unidos por laços afetivos, aqueles que tombaram sob a ação egoística dos nossos atos impensados possam ser acolhidos e amparados por nós mesmos, iniciando o importante processo de resgate e libertação que nos colocará em sintonia com as leis divinas, pois, como disse Jesus ao apóstolo Pedro: "Dar-te-ei as chaves do reino dos céus; tudo o que ligardes na terra terá sido ligado no céu, e tudo o que desligardes na terra terá sido desligado no céu" (Mateus 16:19).

Considerando que "terra" representa a esfera material e "céu" a espiritual, deduz-se que as leis de Deus são igualmente aplicadas nos dois planos da vida e que as palavras do Cristo não foram dirigidas unicamente a Pedro, mas a todos aqueles que se encontram encarnados neste orbe de provações, pois a dimensão espiritual da Terra está mergulhada nesta mesma atmosfera consciencial.

As chaves do céu nada mais são do que os ensinamentos que Jesus trouxe ao mundo e que foram complementados mais tarde pelos próprios Espíritos a respeito da imortalidade da alma e sobre o funcionamento das irrevogáveis leis que regem o universo.

Daí a importância de "desligarmos", enquanto encarnados, as relações conflituosas por meio da reconciliação com os nossos adversários e nos esforçarmos no sentido de não angariar novos débitos morais, para que a repercussão negativa dos nossos atos esteja definitivamente desligada também na pátria espiritual.

Este é o único meio de conquistarmos a tão sonhada paz verdadeira, independentemente do plano de vida que estivermos habitando.

Por esse motivo, eu e Adelaide ficamos muito emocionados ao testemunhar aquele importante momento em que Miguel acolhia nos braços a filhinha querida, de quem prometera conquistar o perdão e a confiança, oferecendo-lhe o amor incondicional de pai.

Fim

OBRAS DO AUTOR

20x25cm
48 páginas

20x25cm
52 páginas

20x25cm
13 páginas

20x25cm
28 páginas

20x25cm
36 páginas

20x25cm
48 páginas

Obras do Autor

14x21cm
224 páginas

14x21cm
224 páginas

14x21cm
224 páginas

14x21cm
224 páginas

Obras do Autor

16x23cm
256 páginas

16x23cm
256 páginas

16x23cm
256 páginas

16x23cm
290 páginas

16x23cm
256 páginas

Campanha de Preservação da Vida
EDITORA ALIANÇA
Tema: ABORTO

Campanha de Preservação da Vida
EDITORA ALIANÇA
Tema: PREVENÇÃO AO SUICÍDIO